# Scrittori del Novecento

# Agatha Christie

# Destinazione ignota

Traduzione di Magda Tincani
Prefazione di Lia Volpatti

Arnoldo Mondadori Editore

© Copyright Agatha Christie Mallowan 1955
Titolo originale dell'opera: Destination Unknown
© 1955 Arnoldo Mondadori Editore S.p.A., Milano

I edizione I Libri Gialli ottobre 1955
I edizione I Capolavori di Segretissimo agosto 1977
I edizione Oscar Mondadori aprile 1981

ISBN 88-04-39743-8

Questo volume è stato stampato
presso Arnoldo Mondadori Editore S.p.A.
Stabilimento Nuova Stampa - Cles (TN)
Stampato in Italia - Printed in Italy

Ristampe:

13  14  15  16  17  18  19  20
1995  1996  1997  1998  1999

La prima edizione Oscar Scrittori del Novecento
è stata pubblicata in concomitanza
con la tredicesima ristampa
di questo volume

# Prefazione

*"Lo spionaggio non ha fine; esso scorre in un caratteristico mondo segreto attraverso le guerre e i secoli; cosicché è evidente che mai giungeremo a conoscere con certezza la piena verità intorno alle spie atomiche..."*

Alan Moorehead, *I traditori*, 1953

Agatha Christie, nella introduzione da lei stessa scritta (unico caso, mi pare, nel corso della sua lunga vita e carriera) a un suo romanzo a sfondo spionistico, *Passeggero per Francoforte*, ci fornisce alcune indicazioni utili su quello che potrebbe essere definito (prendendo a prestito un termine tecnico della narrativa poliziesca, di spionaggio, giallo-nera, insomma) il suo *modus operandi*, definizione ormai ridotta, nei romanzi americani di questo filone, alla semplice sigla *M.O.* La Christie afferma che a chi le chiede dove attinga le proprie idee risponde "dalla mia testa", a chi le domanda se prenda ispirazione per i suoi personaggi dalla vita reale, replica seccata: "No. Li invento. Sono *miei*. Devono essere i *miei* personaggi, devono fare quello che *io* voglio che facciano, essere quello che *io* voglio che siano... prendere vita per *me*, a volte avere delle loro idee personali, ma solo perché io li ho resi *pensanti*". E poi aggiunge: "E così l'autore ha *creato* idee e personaggi, ma c'è la terza componente indispensabile: l'ambientazione. Le prime due scaturiscono da fonti interiori, ma la terza è esterna... Deve esserci da qualche parte, in attesa, già esistente. Non c'è bisogno di inventarla... c'è, è reale... basta allungare la mano, scegliere, prendere. Un treno, un ospedale, un albergo londinese, una spiaggia dei Caraibi, un ricevimento, una scuola femminile. Ma su una cosa non si può transigere: devono esistere. Gente reale, luoghi reali. Un posto definito nel tempo e nello spazio. Quali migliori fonti di informazione delle nostre orecchie e dei nostri occhi? La risposta è incredibilmente semplice. Basta saper guardare quello che fornisce quotidianamente la stampa. Attingere dalla prima pagina. Che cosa accade nel mondo oggi? Che cosa dice la gente? Che cosa fa? Analizzare gli avvenimenti...

leggere la prima pagina dci giornali tutti i giorni, per un mese, prendere appunti, considerare, classificare...".

La nostra signora del delitto è caduta in una piccola contraddizione. Strano. La sua mente logica non l'ha notato. Dal mondo esterno attinge, ha sempre attinto, evidentemente anche "le idee".

Ma sfogliamo insieme la prima pagina di qualche giornale dell'anno 1954, anno di pubblicazione di questa *Destinazione ignota*.

L'Italia sta cominciando a vivere la sua *swinging season*, i folli anni Cinquanta. È scoppiata la televisione. I concorsi per le miss sfornano una bellezza dopo l'altra. Coppi ama ufficialmente la Dama Bianca e l'Italia democristiana freme, si indigna, sussulta. Brividi privati e pubbliche virtù. Ma questo è solo folklore nostrano. E nel mondo? Nel mondo e nel gioco delle grandi potenze siamo in piena guerra fredda. La cortina di ferro, al di là della quale per alcuni c'è l'utopia, per altri l'oppressione, è una barriera che spacca in due il mondo e l'umanità intera. Stalin è morto da un anno e i quattro grandi che si riuniscono a Berlino non concludono gran che. "Non danno risultati concreti" è un titolo di un giornale dell'epoca. E mentre Hillary si arrampica sull'Himalaya, mentre Margaret d'Inghilterra si dà a qualche amorazzo segreto, scoppiano grossi scandali spionistici. I casi Truchnovich e Khokhlov in Germania, il caso Petrov in Australia, con un tenebroso seguito di rapimenti e controrapimenti, fughe e scomparse verso la presunta libertà. A Parigi viene arrestato il commissario di polizia Jean Dides per aver passato dei documenti segreti ai comunisti, mentre a Losanna viene condannato, sotto l'imputazione di spionaggio, il professor André Bonnard. I giornali rispolverano i casi clamorosi di Fuchs e Pontecorvo, avvenuti diversi anni prima.

Nel campo della narrativa popolare, Jan Fleming ha già dato il via all'epopea di James Bond con due romanzi, *Casino Royale* (1950) e *Live and let die* (1953), aprendo nuove frontiere di impossibili possibilità a tutta la narrativa giallo-spionistica-sensazionale. (Però, come ha affermato una volta la Christie "non esistono storie impossibili, solo storie fantastiche".)

In questo quadro di fondo generale la nostra signora che fa? Da quattro anni ha cominciato a scrivere la storia della sua vita, la sua personale *recherche* del tempo perduto e ci lavorerà fino al 1965. Da due anni, la sua commedia *Mousetrap* (*Trappola per topi*) imperversa sulle scene del

St. Martin's Theatre di Londra, registrando record di presenze e di incassi. E dura ancora e forse durerà sempre... È una donna ricca, nota in tutto il mondo. I suoi romanzi più celebri e più belli, e anche quelli meno, sono stati tradotti in varie lingue. Miss Marple e Poirot sono eternati per sempre nel gotha dei personaggi celebri. E da più di vent'anni, superata ormai da tempo e perfettamente rimarginata la cocente ferita per il fallimento del suo primo matrimonio, la sconfitta e l'umiliazione del tradimento, è felice sposa dell'archeologo Max Mallowan.

I coniugi Mallowan hanno due case: Greenway House, nel Devonshire, e Winterbrook House, vicino ad Oxford. Oltre a un appartamentino a Chelsea (Londra) che serve per quelle rare occasioni in cui vengono in città. Occasioni rare e clandestine, perché Agatha cerca disperatamente, e in parte ci riesce, di difendere la sua vita privata dalla marea della notorietà. Pochissime sono le interviste che ha concesso nella sua vita. Pochissime le persone che hanno avuto la possibilità, o il privilegio, di avvicinarla. Comunque, tra una permanenza e l'altra nel Devonshire o ad Oxford, tra uno shopping e l'altro nei più prestigiosi negozi di Londra, i coniugi Mallowan girano il mondo. Lui per motivi professionali-archeologici, lei per curiosità intellettuale. Per evasione. Per creare sfondi nuovi ed esotici alle sue diaboliche trame. E anche per puro amore dei viaggi. Scrive nella sua autobiografia[1]: "... in viaggio si esce da un tipo di vita e si entra in un altro. Certo, siamo sempre noi, ma un noi diverso. Il nuovo io non è impastoiato dalle centinaia di fili che lo avvolgono nella ragnatela della vita domestica: lettere da scrivere, conti da pagare, commissioni da fare, amici da vedere, abiti da sistemare, bambinaie e domestiche da tenere buone, negozianti di cui lamentarsi. Durante un viaggio, la vita ha la stessa qualità del sogno...".

Ecco quindi, da questo o quel sogno che poi Agatha si riporta in patria, emergere ricordi, paesaggi, città, gente incontrata per caso. Ecco la scenografia per il prossimo romanzo.

L'idea è già nella sua testa, o sulla prima pagina di qualche quotidiano. Uno scienziato atomico scomparire improvvisamente. Come sfondo l'ultimo viaggio: il Marocco. Casablanca, la città cosmopolita, ambigua, inquietante; Fez, la città imperiale, chiusa dentro le vecchie mura; Marra-

[1] A. Christie, La mia vita, Milano, Mondadori, 1978.

kesch, la città predesertica, folle, fantasiosa, pittoresca, incredibile, con la sua piazza dei Miracoli, il colorato *suq*. E, fuori dalle città, il deserto, infinito, sempre uguale a se stesso, accecante nella sua incontaminata purezza. E, oltre il deserto, il massiccio del Grande Atlante. Mancano solo i personaggi. Ed eccoli: uno scienziato che scompare (punto di partenza), una moglie che lo cerca e giura di non sapere nulla, una donna disperata che tenta il suicidio in un albergo di Casablanca, un agente del controspionaggio che vuole a tutti i costi ritrovare lo scienziato, un eccentrico miliardario, guarda caso greco, che, in un suo privato delirio megalomane, sogna di poter dominare il mondo e di attuare una sua personalissima utopia.

Su questi elementi si innesta, si costruisce e si dipana la trama di *Destinazione ignota*.

"Una trama ben costruita" – le parole sono di Beckson e Ganz in *A Reader's Guide to Literary Terms* – "ruota attorno a un segreto noto solo ad alcuni dei personaggi. Il segreto viene rivelato al momento culminante del romanzo e la rivelazione porta alla rovina del malvagio e al trionfo dell'eroe. L'azione, che si fonda su un conflitto, soprattutto un duello di intelligenze, tra l'eroe e il suo avversario, si costruisce con un crescendo di intensità, attraverso una serie di capovolgimenti, che culmina nella scena finale della rivelazione. Equivoci, false piste, entrate e uscite di scena dei personaggi perfettamente sincronizzate e altri espedienti del mestiere, contribuiscono a creare la suspense. Lo scioglimento dell'intreccio, il *denouement*, viene sempre preparato con cura e deve essere, all'interno della struttura del romanzo, perfettamente credibile."

È una definizione applicabile a tutta l'opera della Christie in generale e quindi anche a questa *Destinazione ignota*. Le regole sono rispettate in pieno.

Non vogliamo anticipare nulla o molto di più per non togliere al lettore il gusto di compiere questo viaggio da solo, senza che nessuno lo prenda per mano e gli anticipi soluzioni o anche semplicemente sospetti di una soluzione. Anche se ormai si sa, sul finale, la Christie batte sempre almeno di una incollatura i lettori più smaliziati. Ma questo fa parte del gioco.

Vorrei soltanto aggiungere una considerazione che riguarda il romanzo, questo romanzo. È un'opera che si stacca dai filoni tradizionali della Christie, e cioè il filone giallo-poliziesco, con il fatto criminoso (cioè un delitto o più delitti), successivo intervento della polizia che non capisce niente, entrata in scena del supercervello, dell'edipo-solutore dell'enigma (Poirot, con la sua per altro infallibile prosopopea, o Miss Marple, con la sua indistruttibile curiosità), spiegazione finale (elementare, Watson) alla quale nessuno poteva aver pensato, perché la verità era troppo nascosta dietro false verità, dentro pieghe psicologiche che appunto solo il super-dotato, il super-deduttivo, il super-sillogista, il super-indagatore non di delitti ma di nature umane poteva cogliere. Come dicevo, *Destinazione ignota* non appartiene a questo filone. Ma non appartiene nemmeno, in fondo, al filone del romanzo di spionaggio classico e tradizionale che ha, almeno quanto il giallo, delle regole di svolgimento, una dinamica di fatti e situazioni, e soprattutto personaggi perfettamente e ufficialmente codificati in schemi più o meno fissi. No, questo è un romanzo che, pur traendo spunto da un episodio di spionaggio (e uno dei più sfruttati), pur coinvolgendo agenti segreti, spie e tutti i *paraphernalia* della *spy-story* classica e consacrata, ha in sé qualcosa di diverso. Forse qualcosa in meno, forse qualcosa in più. In meno certamente l'apparato scientifico e tecnico, dotazione d'ordinanza di tutte le spie e gli agenti che si rispettano. In meno la violenza. In meno la incalzante dinamica dei fatti. Ma in più una precisa qualità umana. Perché i personaggi non rispondono a nessun cliché. Sono veri, sono reali, sono anche un po' pasticcioni e un po' ingenui. E sono tutti, anche quelli minori, anche quelli di contorno, perfettamente delineati e tratteggiati nelle loro più genuine qualità umane, sono uomini e donne con alle spalle tragiche storie personali, sono un po' pirandelliani, in quel pericoloso gioco delle parti che devono recitare per sopravvivere, nessuno è più se stesso, è sempre qualcun altro, perché questo è il ruolo che è loro toccato. Non nella finzione del romanzo, ma nella loro vita all'interno di questa finzione. È un romanzo quindi sul quale non andrebbero, a rigore, delle etichette. È un romanzo e basta. Un romanzo che accarezza la nostra voglia di avventura. Il nostro desiderio di evasione. Ma è anche la storia di una donna che potrebbe essere l'eroina romantica di qualsiasi romanzo anche di un genere non così definito. La storia di una donna alla ricerca di una identità nuova che le consenta di ricominciare a vivere, di ricostruire la propria vita sopra un cumulo di macerie e di sconfitte.

Ma attenzione! Non dimentichiamo che l'autrice è Agatha Christie. E allora... *estote parati.* Perché sulla soluzione finale, già di per sé sorprendente, arriva la zampata della leonessa con una rivelazione ancora più sorprendente che cambia e stravolge tutto il sapore della storia. È il colpo d'ala della consumata scrittrice. È il suo modo per farci ricordare, se mai l'avessimo dimenticato per strada, che la Regina del Giallo è sempre solo e soprattutto lei.

*Lia Volpatti*

# Personaggi del romanzo

**Monsieur Aristide** - multimilionario. "Un vecchio, con il viso giallo e una barbetta da capra, si faceva notare per l'estrema deferenza con cui era trattato..."

**Baker, Calvin** - turista americana. "Una signora bassa e grassoccia, di mezza età, con i capelli bianchi accuratamente azzurrati e un simpatico accento americano..."

**Betterton, Olive** - seconda moglie dello scienziato Thomas Betterton. "... una donna alta, di ventisette o ventott'anni. Ciò che colpiva immediatamente di lei era una magnifica testa di capelli rosso rame. Sotto lo splendore di quel casco il viso sembrava piuttosto insignificante. Aveva gli occhi grigio-azzurri e le ciglia chiare tipiche delle persone dai capelli rossi."

**Betterton, Thomas** - scienziato atomico. "... biondo e singolarmente attraente."

**Craven, Hilary** - giovane donna inglese. "Statura un metro e settanta, capelli rossi, occhi grigio-azzurri, bocca normale, nessun segno particolare..." "... possedeva una bellezza interessante, volitiva. Gli occhi profondi rivelavano ardore e intelligenza."

**Ericsson, Torquil** - fisico svedese "dall'aspetto solenne... parlava in inglese lentamente e in modo pedante".

**Glydr, Boris** - maggiore, cugino della prima moglie di Betterton. "Alto, portamento piuttosto rigido, trent'anni circa. Capelli biondi, pettinati molto aderenti al capo, alla maniera europea... Costui... era perfettamente padrone di sé: un uomo che sapeva quel che faceva e perché lo faceva..."

**Hetherington, Janet** - signorina di mezza età "... inequivocabilmente inglese, con una lunga faccia cavallina".

**Jessop** - responsabile inglese della missione. "Il suo viso... si poteva dire privo di espressione. Era pallido come lo sono in genere coloro che vivono gran parte della giornata in un ambiente chiuso. Indovinarne l'età sarebbe stato difficile."

**Peters, Andrew** - chimico americano "... con un largo sogghigno amichevole."

Destinazione ignota

# I

L'uomo seduto alla scrivania spostò sulla destra un pesante fermacarte. Il suo viso, più che assorto o preoccupato, si poteva dire privo di espressione. Era pallido come lo sono in genere coloro che vivono gran parte della giornata in un ambiente chiuso, sotto la luce artificiale, e il fatto che per raggiungere il suo ufficio bisognasse attraversare lunghi, tortuosi corridoi sotterranei sembrava stranamente appropriato a lui. Indovinarne l'età sarebbe stato difficile. Non sembrava né vecchio né giovane. Aveva il viso liscio, senza rughe, e dagli occhi traspariva una grande stanchezza.

Il suo visitatore era più anziano, bruno di carnagione, con baffetti militareschi. I suoi modi testimoniavano una energia nervosa, vigilante. Incapace di restare seduto, camminava avanti e indietro per la stanza, di quando in quando commentando eccitato.

« Rapporti! » disse in tono concitato. « Rapporti, rapporti e ancora rapporti. Nessuno della minima utilità! »

L'uomo alla scrivania gettò uno sguardo sulle carte che aveva davanti. Sopra il mucchio c'era un foglio intestato: *Betterton, Thomas Charles*. Il nome era seguito da un punto interrogativo.

« Davvero non c'è niente di buono in questi rapporti? » chiese.

L'altro si strinse nelle spalle. « Come si fa a dirlo? »

« Già, questo è il problema. Come si fa a dirlo? »

L'uomo più anziano riprese, rapido come una mitragliatrice:

« Rapporti da Roma, dalla Turenna. È stato ricono-

3

sciuto in Riviera; segnalato ad Anversa; sicuramente identificato a Oslo; visto con certezza a Biarritz; notato a Strasburgo mentre si comportava in modo sospetto; incontrato sulla spiaggia di Ostenda con una bionda appariscente; a passeggio con un levriero per le strade di Bruxelles! Ancora non è stato visto in uno zoo nell'atto di abbracciare una zebra, ma non oserei affermare che ciò non accadrà! »

« Personalmente, non si è fatto alcuna idea, Wharton? Io speravo nel rapporto da Anversa. Purtroppo è stato una delusione. »

Il colonnello Wharton si sedette bruscamente sul bracciolo di una poltrona.

« Eppure dobbiamo trovare il modo » proruppe « di spezzare il cerchio di tutti questi *come* e *dove* e *perché!* Non possiamo perdere uno scienziato al mese e non avere idea di *come*, *dove* e *perché* spariscano. È dove pensiamo noi, o no? Abbiamo sempre ritenuta buona questa ipotesi, ma ora non ne sono più tanto sicuro. Ha letto le ultime relazioni dall'America sul conto di Betterton? »

L'uomo alla scrivania assentì col capo.

« Sì, le solite tendenze sinistroidi in anni in cui tutti le dichiaravano. Nulla di duraturo, per quanto è stato possibile appurare. Prima della guerra fece parecchie cose, ma nulla di particolarmente rilevante. Era assistente di Mannheim quando quest'ultimo fuggì dalla Germania, e in seguito ne sposò la figlia. Dopo la morte di Mannheim continuò gli studi di ricerca da solo e ottenne brillanti risultati. La sua scoperta della Fissione ZE lo portò di colpo alla fama. La scoperta era di grande importanza e assolutamente rivoluzionaria, e collocò Betterton molto in alto. Aveva una splendida carriera davanti a sé, ma la morte della moglie, avvenuta poco dopo il matrimonio, lo sconvolse. Venne in Inghilterra un anno e mezzo fa. Da allora è stato ad Harwell. Sei mesi fa si è risposato. »

« Niente di interessante a questo proposito? » chiese Wharton aspramente.

L'altro scosse la testa.

« Non si è scoperto nulla. Lei è figlia di un avvocato

del luogo e prima di sposarsi lavorava come dattilografa in un ufficio di assicurazioni. »

« Fissione ZE » disse il colonnello Wharton cupamente. « Cosa vogliono dire tutti questi termini, non sono mai riuscito a capirlo. Del resto io non sono mai riuscito neppure a raffigurarmi una molecola e ora c'è chi è addirittura sul punto di disintegrare l'universo. Bombe atomiche, Fissione nucleare, Fissione ZE. Ad Harwell cosa si dice di Betterton? »

« Un individuo simpatico. Quanto al lavoro, nulla di saliente o sensazionale. Variazioni sull'applicazione pratica della sua scoperta. »

I due uomini restarono per un attimo in silenzio.

« Naturalmente, al suo arrivo, sarà stato setacciato a dovere » disse Wharton.

« Certo. Tutto sembrava a posto. »

« Un anno e mezzo fa... » continuò Wharton pensieroso. « Misure di sicurezza. Impressione di essere continuamente sotto il microscopio, vita relegata. Diventano nervosi, stravaganti. Capita di frequente. Incominciano a sognare un mondo ideale. Libertà, fratellanza, lavoro per il bene dell'umanità. E a un certo punto qualcuno, che appartiene più o meno alla feccia, scorge l'occasione propizia, e l'afferra. »

L'altro sorrise stancamente e soggiunse:

« Dev'essere stato proprio così. Loro pensano di *sapere* e questo è sempre pericoloso. Noi apparteniamo a una razza diversa. Conosciamo l'umiltà. Non c'illudiamo di poter salvare il mondo, ma pensiamo soltanto di raccoglierne qualche rottame. » Mentre parlava tamburellava sul tavolo. « Se appena sapessi qualcosa di più su Betterton. Non la vita o le azioni, ma le semplici cose di tutti i giorni. Cos'era, per esempio, che lo faceva ridere o che lo faceva imprecare. Chi ammirava e chi detestava. »

Wharton lo guardò incuriosito.

« Ha provato con la moglie? »

« Diverse volte. »

« Non può essere d'aiuto? »

L'altro si strinse nelle spalle. « Finora non lo è stata. »

« Pensa che sappia qualcosa? »

« Naturalmente non l'ammette. Tutte le reazioni d'uso: preoccupazione, dolore, disperata ansietà, nessun indizio o sospetto che facesse prevedere l'accaduto, la vita del marito perfettamente normale, e così via. La sua ipotesi è che sia stato rapito. »

« Non le crede? »

« Sono in una posizione di svantaggio » ammise amaramente l'uomo alla scrivania. « Non credo mai a nessuno. »

« Com'è la donna? »

« Un tipo comune. Quel genere di donna che s'incontra tutti i giorni a un tavolo di bridge. »

« Questo rende la faccenda ancora più difficile » disse Wharton.

« È qui fuori: fra poco la riceverò. »

« Le tolgo il disturbo, allora. Non abbiamo fatto molti progressi fino ad oggi. »

Wharton salutò e uscì. L'altro uomo prese il telefono e disse: « Faccia passare la signora Betterton ».

Rimase seduto con gli occhi fissi nel vuoto fino a quando un colpetto alla porta annunciò la signora Betterton. Era una donna alta, di ventisette o ventott'anni. Ciò che colpiva immediatamente di lei era una magnifica testa di capelli rosso rame. Sotto lo splendore di quel casco il viso sembrava piuttosto insignificante. Aveva gli occhi grigio-azzurri e le ciglia chiare tipiche delle persone dai capelli rossi. Non portava trucco. Questo particolare colpì l'uomo alla scrivania. L'esperienza gli aveva insegnato che le donne con dispiaceri e gravi ansietà raramente trascurano il trucco, consapevoli dell'effetto devastante che ha il dolore sui tratti del volto. Ma forse la signora Betterton pensava che tale trascuratezza le fosse utile per sostenere la parte della moglie sconvolta.

« Oh, signor Jessop, mi dica, c'è qualche notizia? » domandò con voce angosciata.

Jessop scosse la testa e rispose in tono cortese: « Mi dispiace, signora Betterton, di averla fatta venire. Purtroppo non sono in grado di darle nessuna notizia precisa ».

Olive Betterton parlò velocemente. « Lo so. Lo diceva

nella sua lettera. Ma speravo, dal momento che... oh! Sono contenta, ad ogni modo, di essere venuta. Meglio essere qui che restare a casa, con le mani in mano, a lambiccarmi il cervello. »

« Signora Betterton, la prego, non faccia caso se ritornerò sulle stesse domande, se insisterò sugli stessi punti. Vede, è sempre possibile che qualche piccolo indizio possa rivelarsi. Un'inezia alla quale non ha pensato prima, che secondo lei non meritava d'esser detta... »

« Capisco. »

« L'ultima volta che vide suo marito fu il ventitré di agosto? »

« Sì. »

« Fu quando lui si recò a Parigi per una conferenza? »

« Sì. »

Jessop proseguì rapidamente: « Suo marito partecipò alle sedute della conferenza per i primi due giorni, ma al terzo non fu visto. A quanto risulta, aveva comunicato a un collega che sarebbe andato a fare una gita su un *battello mosca*, quel giorno ».

« Un *battello mosca*? »

« Sì, uno di quei vaporetti che fanno servizio lungo la Senna. » Jessop la scrutava attentamente. « Le sembra strano che suo marito si sia preso una vacanza per dedicarsi a questo genere di passatempo? »

La donna appariva perplessa.

« Infatti. M'era sembrato così preso dai lavori della conferenza. »

« Può darsi. Tuttavia, l'argomento della discussione, quel giorno, non presentava un interesse particolare per suo marito. Niente di strano, quindi, che lui si sia preso un giorno di libertà. Le sembra forse che ciò non risponda al suo carattere? »

La signora Betterton scosse la testa.

« Quella sera non fece ritorno al suo albergo » proseguì Jessop. « Per quanto ci risulta non varcò alcuna frontiera, almeno non col suo passaporto. Pensa che potesse avere un secondo passaporto sotto altro nome? »

« Oh, no! Perché avrebbe dovuto? »

Jessop non perdeva d'occhio la donna.

« È proprio sicura di non aver mai visto niente di simile fra le sue mani? »

La donna scosse il capo, decisa. « Certamente e non riesco neppure a immaginarlo. Non credo che se ne sia andato deliberatamente, al contrario di quanto sospetta lei. Deve essergli accaduto qualcosa. Oppure, non potrebbe trattarsi di un caso d'amnesia? »

« La sua salute era buona? »

« Sì. Lavorava sodo e qualche volta si sentiva un po' stanco. Niente più di questo. »

« Non le è sembrato preoccupato o depresso? »

« Non era per nulla preoccupato, né depresso. » Con mani tremanti, prese il fazzoletto dalla borsetta. « È tutto così orribile! » La sua voce era scossa da un singulto. « Non posso crederlo. Non mi ha mai lasciata, così, senza una parola. Gli è successo qualcosa. Forse è stato rapito. Qualcuno lo ha aggredito. Io cerco di non pensare a fatti di questo genere. Tuttavia sento che questa potrebbe essere la soluzione. Forse è morto. »

« Suvvia, signora Betterton, non è il caso di arrivare a tale supposizione, per il momento. Se fosse morto, a quest'ora ne avremmo trovato il corpo. »

« Chi può garantirlo? Avvengono tante cose orribili. Potrebbero averlo annegato o gettato in una fogna. Sono convinta che, a Parigi, tutto può succedere. »

« Posso assicurarle, signora, che la polizia di Parigi è organizzatissima. »

La donna allontanò il fazzoletto dagli occhi e fissò Jessop, offesa.

« So quello che pensa, ma non è così. Tom non avrebbe mai venduto o tradito dei segreti. Non era un comunista. Tutta la sua vita è un libro aperto. »

« Qual era il suo credo politico, signora Betterton? »

« In America parteggiava per i democratici, mi pare. Qui deve aver votato per i laburisti; ma non si interessava di politica. Per prima e ultima cosa era uno scienziato. Un brillante scienziato » soggiunse in tono di sfida.

« Sì, un brillante scienziato. Ed è appunto questo, il nodo di tutta la faccenda » osservò Jessop. « Potrebbero avergli fatto qualche offerta allettante, per convincerlo a lasciare il nostro paese e recarsi altrove. »

« Non è vero. » Di nuovo la donna era dominata dalla collera. « Questo è ciò che i giornali tentano di far credere, che voi tutti pensate. Ma è falso. Non se ne sarebbe andato a quel modo, senza dirmi nulla, senza un cenno. »

« E non le disse nulla? »

« Nulla, le ripeto. Non so dove sia. La mia opinione è che lo abbiano rapito, oppure ucciso. Gliel'ho detto. Ma se è morto, debbo saperlo, debbo saperlo presto. Non posso continuare così. Non riesco più a mangiare né a dormire. Sto male. Non può fare qualcosa per me? Venirmi in aiuto? »

Jessop si alzò e fece un giro attorno alla scrivania.

« Sono molto dolente, signora Betterton » mormorò. « Le assicuro che stiamo facendo di tutto. Ogni giorno riceviamo rapporti dai luoghi più disparati. »

« Rapporti da dove? » chiese la donna in tono aspro. « Cosa dicono? »

« Sono stati esaminati tutti, vagliati con molta cura, ma, in generale, sono tutti molto vaghi. »

« Debbo *sapere* » insisté la signora Betterton con voce spezzata. « Non posso andare avanti così. »

« Lei è molto affezionata a suo marito? »

« Naturalmente! Siamo sposati da appena sei mesi. »

« Sì, lo so. Mi perdoni la domanda. E non c'è mai stato nessuno screzio fra voi? »

« Oh, no! »

« Nessun'altra donna? »

« Certamente no. »

« Cerchi di capirmi. Io devo prendere in considerazione ogni possibile circostanza, perché potrebbe essere proprio quella a darmi la chiave del mistero. Lei dice di non avere visto suo marito turbato o preoccupato, ultimamente. Neanche nervoso? »

« No! Era assolutamente normale. »

« Era contento del suo lavoro? Ne parlava mai con lei? »

« Non erano cose che io potessi capire. »

« Non sa se, per caso, fosse tormentato da qualche *scrupolo umanitario*, circa gli effetti distruttivi che potrebbero derivare dalle sue ricerche? Gli scienziati, qualche volta, vanno soggetti a certi patemi. »

« Non mi ha mai confidato nulla del genere. »

« Vede, signora Betterton » Jessop si protese verso di lei con un tono che voleva essere meno austero « quello che sto cercando di ottenere è una descrizione fedele di suo marito. E mi sembra che lei non faccia nulla per aiutarmi ».

« Ma cosa posso fare oltre a rispondere a tutte le sue domande? »

« Sì, ha risposto alle mie domande ma, per la maggior parte, in senso negativo. Io voglio qualcosa di positivo, qualcosa di costruttivo. Capisce ciò che voglio dire? Si può cercare un uomo molto più facilmente, quando se ne conosce il carattere. »

La signora Betterton parve riflettere un momento. « Capisco, o almeno credo di capire. Ebbene, Tom è di temperamento dolce, gaio. E, naturalmente, è intelligente. »

Jessop sorrise. « Questa è una lista di qualità. Vediamo di essere più personali. Leggeva molto? »

« Sì, parecchio. »

« Che genere di libri? »

« Biografie, best-seller e storie poliziesche quand'era stanco. »

« Come lettore, piuttosto normale. Nessun interesse particolare? Giocava a carte o a scacchi? »

« Giocava a bridge. Avevamo l'abitudine di farlo, una volta o due la settimana, con il dottor Evans e sua moglie. »

« Aveva molti amici, suo marito? »

« Sì. Stava volentieri in compagnia. »

« Non volevo dir questo. Intendevo, se ci teneva molto ai suoi amici. Aveva qualche amico intimo? »

« No. È nato in Canada ed è vissuto molto tempo negli Stati Uniti. Qui conosceva poca gente. »

Jessop consultò i suoi appunti.

« Tre persone, provenienti dagli Stati Uniti, l'hanno visitato recentemente. Ho qui i loro nomi. A quanto ci risulta, sono le sole tre persone, straniere, con le quali abbia avuto contatto ultimamente. Prima Walter Griffiths. Costui venne a trovarvi ad Harwell.»

«Sì. Stava facendo un viaggio in Inghilterra e venne a salutare Tom.»

«Quale fu la reazione di suo marito?»

«Fu sorpreso, ma felice di vederlo. Erano stati spesso insieme quando mio marito viveva in America.»

«Come le sembrò questo Griffiths? Vuole descrivermelo?»

«Sicuramente lei sa già tutto di lui.»

«È vero. Ma vorrei conoscere la vostra impressione.»

«Dunque. Era un uomo distinto, molto educato. Mi sembrò assai affezionato a Tom e ansioso di raccontargli tutto quello che era successo dopo la sua partenza. Pettegolezzi locali, suppongo. A me non interessava molto ascoltare, perché parlavano di gente che non conoscevo, e poi ero indaffarata a preparare il pranzo.»

«Non parlarono di politica?»

«Lei sta tentando di insinuare che Tom era comunista.» Il sangue era salito alle guance di Olive Betterton. «Io sono certa che non era nulla del genere.»

«La prego, signora Betterton, non si scaldi.»

«Tom non era un comunista. Io continuo a dirglielo, ma lei non mi crede.»

«Sì, le credo, ma è un punto che si chiarirà automaticamente. E veniamo al secondo contatto dall'estero. Fu col dottor Mark Lucas. Lo incontraste a Londra, al *Dorset*.»

«Sì. Eravamo andati a teatro e avevamo deciso di cenare al *Dorset* dopo lo spettacolo. Fu lì, infatti, che Lucas riconobbe Tom e venne a salutarlo. È un chimico che si occupa di particolari tipi di ricerche e aveva lavorato con Tom in America. Rifugiato tedesco, aveva preso la nazionalità americana.»

«Suo marito fu sorpreso di vederlo?»

«Sì, molto sorpreso.»

«Contento?»

«Sì. Credo di sì.»

«Ma non ne è sicura?»

«Ecco, pare che a Tom non importasse molto di lui. Almeno così mi disse in seguito. Questo è tutto.»

« Fu un incontro casuale? Non stabilirono di rivedersi? »

« No. Fu proprio un incontro fortuito. »

« Capisco. Il terzo contatto fu con una donna, la signora Carol Speeder, anche lei proveniente dagli Stati Uniti. Come avvenne? »

« Credo che avesse a che fare con l'ONU. Aveva conosciuto Tom in America e gli telefonò da Londra per chiedergli se volevamo andare a pranzo da lei. »

« E ci andaste? »

« No. »

« Lei non ci andò. Ma suo marito sì! »

« Cosa? »

« Non glielo disse? »

« No. »

Olive Betterton apparve perplessa e inquieta. Jessop provò un po' di dispiacere per lei, ma non desistette dall'interrogarla. Per la prima volta ebbe l'impressione di poter giungere a qualche risultato positivo.

« Non me lo spiego » disse la donna, un po' incerta. « Trovo strano che Tom me l'abbia tenuto nascosto. »

« Pranzarono al *Dorset*, dove la signora Speeder alloggiava. Mercoledì dodici agosto. »

« Dodici agosto? »

« Sì. »

« Ora che ci penso, all'incirca in quell'epoca, andò a Londra, ma non mi disse mai nulla. » Poi, cambiando bruscamente tono, la signora chiese a bruciapelo: « Com'è? ».

« Si rassicuri, non è affatto seducente. Una trentina d'anni, più o meno, non particolarmente bella. Assolutamente nulla fa supporre che fosse in rapporti intimi con suo marito. È davvero strano che lui non le abbia parlato di questo incontro. »

« È vero. »

« Ora cerchi di ricordare bene, signora Betterton. Notò qualche cambiamento, in suo marito, a quell'epoca? Circa la metà di agosto, diciamo. Pressappoco una settimana prima della conferenza. »

« No. Non notai nulla. Non c'era nulla da notare. »

Jessop sospirò. Il telefono sul tavolo trillò.

« Sì? » disse Jessop sollevando il ricevitore.

All'altro capo del filo una voce disse: « C'è un uomo che chiede di parlare con qualcuno che si occupi del caso Betterton ».

« Come si chiama? »

« Ecco, non so esattamente come si pronuncia, signor Jessop. Forse è meglio che le dica le lettere. »

« Avanti, lo faccia. »

Jessop segnò, su un blocchetto, le lettere come gli giungevano attraverso il filo. « Polacco? » chiese alla fine.

« Non l'ha detto, signore. Parla l'inglese benissimo, ma con accento straniero. »

« Gli dica di aspettare. »

« Bene, signore. »

Jessop posò il ricevitore e guardò Olive Betterton. Se ne stava lì seduta, tranquilla, in atteggiamento di disarmante placidità. Strappò dal taccuino il foglietto sul quale aveva scritto e glielo porse.

« Conosce qualcuno con questo cognome! »

La donna sbarrò gli occhi, come se fosse spaventata.

« Sì, lo conosco » disse. « Mi ha scritto. »

« Quando? »

« Ieri. È un cugino della prima moglie di Tom. È giunto in Inghilterra da qualche giorno. Era molto preoccupato per la scomparsa di mio marito. Mi ha scritto per chiedermi se avevo notizie e per esprimermi la sua comprensione. »

« Non aveva mai sentito parlare di lui, prima d'ora? »

La donna scosse il capo in segno di diniego.

« Suo marito non le aveva mai parlato di lui? »

« No, mai. »

« Così potrebbe anche non essere affatto un cugino di suo marito. »

« Ebbene... effettivamente potrebbe anche non esserlo. Non avevo pensato a questa eventualità. » Sembrava scossa. « Ma la prima moglie di Tom era una straniera. Era la figlia del professor Mannheim. Quest'uomo mi è parso ben informato su di lei e su Tom. L'avrei detto assolutamente sincero. In ogni caso quale potrebbe essere lo scopo di una finzione? »

« Questo è quanto solitamente ci si domanda. » Jessop sorrise in modo appena percettibile. « Noi lo facciamo così spesso che finiamo, poi, col dare alle più piccole cose proporzioni smisurate. »

La donna ebbe come un brivido.

« È un po' come questo suo ufficio, così sperduto in mezzo a un labirinto di corridoi, che uno crede di non poterci mai arrivare. »

« Già, capisco anche che possa generare un senso di claustrofobia quasi patologico » ribatté Jessop, scherzoso.

Olive Betterton allontanò, con la mano, alcune ciocche di capelli dalla fronte.

« Non potrò resistere ancora per molto a questa vita. Ho bisogno di cambiare aria, d'andarmene in qualche altro luogo. All'estero, possibilmente, dove i giornalisti non possano più assillarmi con le loro telefonate e la gente non mi guardi a quel modo. Gli amici mi chiedono continuamente notizie. » La donna fece una pausa. « Temo di essere sull'orlo di un collasso nervoso. Ho cercato di farmi forza, ma questo è troppo per me. Anche il mio medico la pensa così. Dice che dovrei andarmene, al più presto, per tre o quattro settimane almeno. Mi ha scritto, anzi, una lettera a questo proposito. Posso mostrargliela. »

Frugò nella borsetta e ne trasse una busta. Jessop la prese, l'aprì e lesse.

« Capisco » disse. E ripose la lettera nella busta.

« Allora nulla si oppone alla mia partenza? » La donna lo scrutava, nervosamente.

« Certo che no, signora Betterton » rispose Jessop. Le sue sopracciglia formarono un punto interrogativo. « Perché? »

« Pensavo che potesse fare qualche obiezione. »

« E perché? Sono affari suoi. Naturalmente dovrà fare in modo che io possa, in qualunque momento, mettermi in contatto con lei, se per caso venisse alla luce qualche fatto nuovo. »

« Oh, senza dubbio. »

« Dove pensa di andare? »

« Da qualche parte dove ci sia del sole e non troppi inglesi. Spagna o Marocco, direi. »

« Ottima idea. Sono sicuro che le gioverà. »

« Grazie, grazie davvero. »

Si alzò tutta eccitata, esultante, visibilmente nervosa.

Anche Jessop si alzò, le strinse la mano e chiamò la segretaria per farla accompagnare. Poi si rimise a sedere. Per qualche minuto rimase immobile, inespressivo, quindi, lentamente, le labbra si atteggiarono a un sorriso. Sollevò il ricevitore.

« Faccia passare il maggiore Glydr » disse.

## II

« Maggiore Glydr? » Jessop esitò pronunciando il cognome. »

« È un cognome difficile, lo so. » Il visitatore parlava in tono spigliato. « I suoi compatrioti mi chiamavano Glider, durante la guerra. Ora, negli Stati Uniti, penso che cambierò il nome in Glyn, per semplificare le cose. »

« Lei viene da là, vero? »

« Sì, sono arrivato in Inghilterra circa una settimana fa. Lei è, mi scusi, il signor Jessop? »

« In persona. »

L'altro uomo lo guardò con interesse. « Avevo già sentito parlare di lei. »

« Davvero? E da chi? »

Lo straniero sorrise.

« Mi permetta, prima di tutto, di consegnarle questa lettera dell'ambasciata americana. »

La porse con un inchino. Jessop la prese, lesse le poche righe di presentazione e la depose sul tavolo sollevando lo sguardo sull'uomo che gli stava dinanzi. Alto, portamento piuttosto rigido, trent'anni circa. Capelli biondi, pettinati molto aderenti al capo, alla maniera europea. Il modo di parlare era lento e accurato e, sebbene grammaticalmente corretto, era caratterizzato da una decisa cadenza esotica. Jessop notò che non dava il minimo segno di nervosismo o d'incertezza, fatto piuttosto insolito. Molte delle persone che capitavano nel suo ufficio erano nervose, o eccitate, o ansiose. Qualche volta veementi, qualche altra subdole.

Costui, invece, era perfettamente padrone di sé: un uomo che sapeva quel che faceva e perché lo faceva, che non sarebbe caduto facilmente in trappola, né avrebbe detto più di quanto si proponeva. Jessop gli chiese in tono cordiale:

« Dunque, cosa possiamo fare per lei? »

« Sono venuto qui sperando che fosse in grado di darmi qualche notizia di Thomas Betterton. Su quello che dice la stampa non c'è sempre da fare affidamento. Così, per ottenere informazioni più attendibili, mi è stato consigliato di venire da lei. »

« Sono spiacente, ma non abbiamo alcuna notizia precisa di Betterton. »

« Ho' pensato, perfino che lo avessero mandato all'estero per qualche missione. » Fece una pausa, seguita da un verso curioso, come volesse dire: acqua in bocca.

« Caro signore » Jessop appariva imbarazzato « Betterton era uno scienziato, non un diplomatico o un agente segreto. »

« Merito questo rimprovero; ma le etichette, si sa, non corrispondono sempre alla realtà. Si chiederà perché m'interesso alla faccenda. Thomas Betterton era un mio parente, sia pure acquisito. »

« Già. Lei è il nipote, credo, del defunto professor Mannheim. »

« Vedo che è ben informato. »

« Viene molta gente qui e parla » mormorò Jessop. « La moglie di Betterton era da me poco fa. Me lo ha detto lei. M'ha detto anche che lei le aveva scritto. »

« Sì, per farle le mie condoglianze, e per chiederle se avesse avuto notizie. Mia madre era l'unica sorella del professor Mannheim, ed erano molto legati. Da bambino, ero spesso a casa di mio zio, a Varsavia, e sua figlia, Elsa, era per me come una sorella. Quando i miei genitori morirono, andai a stare con loro. Furono giorni felici. Poi vennero le tragedie e gli orrori della guerra. Ma di questo è meglio non parlare. Mio zio ed Elsa fuggirono in America. Io entrai a far parte della Resistenza segreta. Finita la guerra, ebbi certi incarichi che mi trattennero per diverso tempo in Europa. Una volta sola andai a trovare mio zio e mia cugina. Avevo deciso che, finita la mia missione in Europa, mi sarei stabilito definitivamente negli Stati Uniti, per essere vicino a loro. E così feci. Invece, arrivato in America, trovai che mio zio era morto, mia cugina pure, e il marito di lei si era trasferito in Inghilterra dove aveva ripreso moglie. Ero dunque di nuovo senza famiglia. Recentemente ho saputo della scomparsa di Thomas Betterton e m'è venuta l'idea di venire qua per vedere se si può fare qualche cosa. »

Fece una pausa e guardò interrogativamente Jessop.

Jessop lo guardò a sua volta, con viso impenetrabile.

« Perché è scomparso? » domandò alla fine il polacco.

« È proprio quello che ci piacerebbe sapere. »

« Non potrebbe darsi che lo sappiate? »

Jessop risposte cortesemente, sorridendo: « Posso assicurarle che non lo sappiamo ».

« Ma avete dei sospetti? »

« Può darsi che le cose seguano un certo schema... » Jessop parlava con circospezione. « Si sono avuti altri casi del genere. »

« Lo so. » Rapidamente il visitatore citò mezza dozzina di casi. « Tutti scienziati » aggiunse, poi, con intonazione significativa.

« Infatti. »

« Crede che siano andati oltre cortina? »

« È possibile, ma con certezza non possiamo dirlo. »

« Ma se ne sono andati volontariamente? »

« Anche questo » disse Jessop « è difficile da stabilire. »

« Lei pensa che non siano affari miei, vero? »

« Mi scusi, ma veramente non capisco il suo interesse Dopo tutto Betterton era un suo parente acquisito. Non lo conosceva neppure. »

« È vero. Ma per noi polacchi la famiglia è molto importante. Ci sono degli obblighi. » Si alzò e, inchinandosi rigidamente, fece l'atto di congedarsi. « Mi rincresce di aver abusato del suo tempo e grazie della cortesia prestatami. »

« Per ora non posso dirle di più: brancoliamo nella

più profonda oscurità. Eventualmente, dove potrei farle pervenire le notizie? »

« Presso l'ambasciata americana; sanno come rintracciarmi. La ringrazio. » Di nuovo s'inchinò e uscì.

Jessop schiacciò, ripetutamente, un pulsante. Poi, al telefono, chiese che il colonnello Wharton fosse mandato nella sua stanza.

Quando Wharton entrò, Jessop disse: « Finalmente pare che le cose si mettano in moto ».

« Come? »

« La signora Betterton vuol andare all'estero. »

Wharton sottolineò la sua sorpresa con un leggero fischio. « A raggiungere il marito? »

« Penso proprio di sì. È venuta provvista di una lettera del suo medico. Necessita di assoluto riposo e d'un cambiamento d'aria. »

« Le cose promettono bene. »

« Potrebbe anche essere vero » lo avvertì Jessop. « Devo riconoscere che ha recitato la sua parte in modo assai convincente. Neanche una contraddizione. »

« Immagino che non sarà riuscito a farsi dire nulla di nuovo. »

« Un esile filo. Quella Speeder con la quale Betterton fece colazione al *Dorset*. »

« Sì. »

« La moglie non lo sapeva, lui non le aveva detto nulla. »

« Le sembra un particolare importante? »

« Potrebbe esserlo. Carol Speeder fu citata davanti al Comitato di investigazione sulle attività antiamericane. Riuscì a cavarsela, tuttavia l'ombra del sospetto rimase. Questo potrebbe essere un filo conduttore. Il solo che abbiamo trovato finora. »

« E la signora Betterton? Non potrebbe aver avuto, ultimamente, qualche contatto che abbia influito sulla sua decisione di fare un viaggio all'estero? »

« Nessun contatto personale. Ieri ha ricevuto una lettera da un polacco, cugino della prima moglie del marito. Ho appena finito di parlare con lui. »

« Com'è? »

« Molto *straniero* e molto corretto. Come personalità la definirei irreale. »

« Pensa che sia stato lui a darle l'idea del viaggio? »

« Potrebbe anche essere stato così. Non so. È un tipo sconcertante. »

« Lo farà tener d'occhio? »

Jessop sorrise. « Sì. Ho schiacciato il bottone due volte. »

« Vecchia volpe, con i suoi trucchi! » Poi Wharton riprese serio: « Ebbene, qual è il piano? ».

« Spagna o Marocco. »

« Non Svizzera? »

« Questa volta no. »

« Credevo che la Spagna e il Marocco presentassero delle difficoltà, per loro. »

« Non dobbiamo sottovalutare i nostri avversari. »

« Credo che siano i due soli paesi nei quali Betterton *non è stato visto* » costatò Wharton con amarezza. « Santo cielo! Se dovessimo fallire il colpo questa volta... »

Jessop si lasciò andare sulla spalliera della poltrona.

« È un'eternità che non mi prendo più una vacanza » disse. « Ne ho abbastanza di questo ufficio. Credo che farò un viaggetto all'estero. »

## III

« Per Parigi, Air France, da questa parte, prego. »

I viaggiatori che attendevano nella sala d'aspetto dell'aeroporto di Heathrow si avviarono verso il cancello d'imbarco. Hilary Craven, con in mano una valigetta di pelle di lucertola, si mosse nella scia degli altri. All'aperto soffiava un vento gelido.

Hilary rabbrividì e si strinse nella pelliccia, mentre seguiva il gruppo dei passeggeri lungo il tratto che li separava dalla pista d'imbarco. Finalmente era giunto il sospirato momento. Il grigiore, il freddo, la miseria morale, il peso morto dei disinganni, stava per lasciarsi tutto questo alle spalle. Via verso il sole, i cieli azzurri e una nuova vita. Salì la scaletta dell'aereo, chinando la testa al passaggio del portello, e la hostess la guidò al suo posto.

Il rombo e il rollìo dell'apparecchio le procuravano una specie di eccitamento, quasi fossero forze selvagge scatenate dalla natura. *Miseria civilizzata*, pensava Hilary. *È la peggior miseria. Grigiore e desolazione. Ma ora sto per uscirne.*

L'aereo era in procinto di decollare. La hostess avvertì: « Allacciate le vostre cinture, prego ».

L'apparecchio fece mezzo giro e ristette in attesa del segnale di partenza. Hilary pensò: *Forse precipiterà... Forse non riuscirà a sollevarsi. Allora sarebbe la fine, e tutto si risolverebbe.* Sembrarono trascorrere dei secoli prima che il segnale venisse dato.

« Finalmente! »

I motori rombarono. L'apparecchio balzò in avanti, sempre più rapido, correndo lungo la pista. Hilary di nuovo pensava: *Non si alzerà, non ce la farà. Questa è la fine.* Poi si staccarono da terra. Non si aveva tanto l'impressione che l'aereo salisse, quanto che la terra cadesse in basso, caricandosi di tutti i problemi, le delusioni, le amarezze che la rombante macchina, puntando orgogliosa verso le nubi, si lasciava alle spalle. L'aeroporto laggiù sembrava, ora, un giocattolo. Piccole e buffe strade, strane minuscole ferrovie sulle quali correvano treni balocco. Un ridicolo mondo fanciullesco dove la gente amava, odiava e soffriva. Ora le nubi formavano sotto di loro una densa massa bianco-grigiastra. In quel momento, forse, sorvolavano la Manica. Hilary si appoggiò allo schienale e chiuse gli occhi. Era libera, finalmente libera. Aveva lasciato l'Inghilterra, lasciato Nigel, lasciato quel piccolo mucchio di terra che era la tomba di Brenda. Aprì gli occhi e li richiuse con un sospiro, poi si addormentò.

Quando si svegliò, l'aereo si preparava ad atterrare. *Parigi*, pensò Hilary mentre, sollevandosi sul sedile, cercava la borsa. Ma non era Parigi. La hostess avanzava lungo la corsia, annunciando:

« Si atterra a Beauvais perché a Parigi la nebbia è troppo fitta. »

L'intonazione della voce si sarebbe potuta tradurre in un *non è carino, bambini?*. Hilary cercò di guardare dal finestrino, ma non si vedeva quasi nulla. Anche Beauvais sembrava avvolta nella nebbia. L'aereo scendeva in cerchi lenti, e occorse molto tempo prima che potesse atterrare. Poi i passeggeri furono accompagnati, attraverso una nebbia fredda e umida, dentro un capannone dove c'erano poche sedie e un lungo banco.

Hilary si sentiva depressa, ma cercò di reagire. Un uomo vicino a lei mormorò: « Un vecchio campo di guerra. Nessuna comodità. Per fortuna sono francesi, e ci daranno qualcosa da bere ».

Effettivamente, quasi subito un inserviente offrì bevande alcoliche e questo sollevò il morale dei viaggiatori, ai quali si preparava una lunga e irritante attesa.

Passarono diverse ore senza che nulla accadesse. Altri aerei, anch'essi diretti a Parigi, erano stati dirottati su Beauvais, così ben presto la baracca fu affollata di gente, intirizzita e arrabbiata, che brontolava per il contrattempo.

A Hilary tutto sembrava irreale. Era come immersa in un sogno. In fondo non si trattava che di un indugio. Il viaggio di liberazione continuava, la meta era sempre la stessa: un luogo dove la sua vita potesse ricominciare da capo. Quello stato d'animo la sorresse attraverso la lunga, estenuante attesa, e attraverso la confusione generata dall'annuncio che i passeggeri avrebbero proseguito per Parigi in autopullman.

Ci fu una specie di caos per l'andirivieni dei viaggiatori, degli ufficiali, dei facchini che portavano i bagagli. Tutti si affrettavano e si urtavano nell'oscurità. Alla fine Hilary si trovò, intorpidita dal freddo, su una macchina che procedeva faticosamente attraverso la nebbia.

Il viaggio fino a Parigi durò quattro ore e fu snervante. Era mezzanotte quando arrivarono. Hilary fu felice quando poté prendere il bagaglio e farsi condurre all'albergo, dove aveva prenotato la stanza. Si sentiva troppo stanca per mangiare, così fece un bagno caldissimo e si coricò.

L'aereo per Casablanca doveva decollare dall'aeroporto di Orly la mattina seguente alle 10,30, ma quando Hilary vi giunse c'era una grande confusione. Diverse linee aeree erano state sospese in molte parti d'Europa, arrivi e partenze ritardati.

Agli sportelli un impiegato, infastidito, si strinse nelle spalle dicendole:

« È impossibile che lei possa partire con l'aereo prenotato. Gli orari sono stati tutti cambiati. Se vuole accomodarsi un momento, forse si potrà rimediare.»

Alla fine, quando fu chiamata, le dissero che ci sarebbe stato un posto su un apparecchio diretto a Dakar, che non doveva toccare Casablanca, ma avrebbe derogato per lei.

« Si tratta solo di arrivare tre ore più tardi.»

Hilary accettò senza protestare.

« Lei non ha idea delle difficoltà che ho dovuto superare stamattina » le spiegò l'ufficiale. « A volte i signori viaggiatori non sono ragionevoli. Non l'ho voluta io, la nebbia. Naturalmente ha causato molti dirottamenti. In fin dei conti, madame, un piccolo ritardo che importanza ha? Che differenza c'è ad arrivare a Casablanca con un aereo, piuttosto che con un altro?»

Tuttavia, proprio quel giorno, la cosa avrebbe avuta molta più importanza di quanto l'ufficiale francese non immaginasse. Infatti, quando Hilary finalmente arrivò, il facchino che le camminava a lato coi bagagli disse:

« È stata fortunata, madame, a non aver preso l'aereo regolare per Casablanca.»

« Perché? Cos'è accaduto?»

L'uomo si guardò attorno poi abbassò la voce e disse, chinandosi confidenzialmente verso di lei: « Brutto affare! S'è fracassato atterrando. Il pilota e l'equipaggio sono morti, e così molti viaggiatori. Quattro o cinque persone sono state portate all'ospedale ferite. Qualcuna è grave ».

La prima reazione di Hilary fu di profonda collera. Le venne spontaneo il pensiero che sarebbe stato assai meglio per lei se si fosse trovata su quell'aereo. Ormai sarebbe morta, e con lei tutte le sue pene e i suoi crucci. Le persone che si trovavano su quell'apparecchio desideravano vivere, a lei, invece, non importava nulla.

Dopo aver sbrigato le operazioni di dogana si fece condurre all'albergo. Era un meraviglioso pomeriggio di sole, sebbene il tramonto fosse vicino. La nebbia, il freddo, l'oscurità di Londra erano lontani, oramai, e lontane le sembravano, in quel momento, tutte le sofferenze.

Spalancò le persiane della stanza e guardò fuori nella strada. Sì, tutto era proprio come se l'era immaginato. Si ritrasse lentamente dalla finestra e sedette sulla sponda del letto. Come un ritornello, da quando era partita le ronzava in testa quell'idea: *evasione scampo*. Ma ecco che ora, d'improvviso, si rendeva conto, con un orribile senso di freddo, che per lei *non ci sarebbe stato scampo*.

Era tutto come prima. Lei, Hilary Craven, era la stessa: qui, come a Londra. Avrebbe dovuto sfuggire a se stessa. Pensò: *Come sono stata sciocca! Come ho potuto credere che per guarire la mia anima sarebbe stato sufficiente lasciare l'Inghilterra?*

La tomba di Brenda era là, e là Nigel avrebbe presto sposato un'altra donna. Come aveva potuto credere che queste due verità sarebbero state meno importanti in Marocco che non a Londra? Ebbene, si trattava comunque di affrontare la realtà, di sapere ciò che avrebbe o non avrebbe potuto sopportare. Ci vuole uno scopo per continuare! Fino a quando c'era stata Brenda, aveva sopportato tutto: l'abbandono di Nigel, le brutali circostanze nelle quali era avvenuto. Poi era giunta la sconfitta finale, dopo la lunga, disperata lotta per strappare Brenda alla morte. Ora non aveva più nessuna ragione per vivere. Era stato necessario un viaggio in Marocco per convincersene. Per qualche tempo s'era cullata nell'illusione che, lasciando Londra e andando lontano, avrebbe forse potuto dimenticare e ricominciare di nuovo. Aveva scelto questo luogo che le piaceva per il sole, l'aria pura, il colore e perché non aveva alcun legame col passato. *Là*, s'era detta, *tutto sarà diverso.* Invece tutto era come prima. La realtà era cruda, e Hilary non poteva eluderla. E non aveva più voglia di vivere.

Se non fosse stato per la nebbia, Hilary avrebbe viaggiato nell'aereo che s'era sfasciato al suolo e, a quest'ora, tutti i suoi problemi sarebbero stati risolti. Avrebbero composto il corpo dilaniato in qualche obitorio francese, e lo spirito sarebbe stato in pace. È vero che c'erano altri modi di giungere a questo passo, ma richiedono maggior travaglio.

Se avesse portato con sé quel sonnifero sarebbe stato così semplice! Ricordava quando ne aveva chiesto al dottor Grey, che le aveva risposto in tono significativo: « Meglio di no. Molto meglio imparare a dormire naturalmente. Sarà difficile inizialmente, poi ci riuscirà ».

Uno strano sguardo il suo. Aveva forse sospettato, fin d'allora, che lei sarebbe giunta a un simile proposito? Del resto, procurarsi alcuni sonniferi non doveva poi essere difficile. Si alzò, decisa.

Hilary aveva sempre immaginato che sarebbe stato facile, in una città straniera, procurarsi delle droghe. Invece, con meraviglia, si accorse che non era così. Il primo farmacista dal quale entrò le diede soltanto due compresse, dicendo che, per ottenerne di più, sarebbe stata necessaria la ricetta di un medico. Lei ringraziò, con voluta indifferenza, e si voltò per andarsene. Sulla soglia urtò un giovane alto, dal viso grave, che si scusò in inglese. Mentre usciva sentì che chiedeva un dentifricio.

La cosa, dapprima, la divertì, poi, con una fitta di spasimo, ricordò che quello era il dentifricio usato da Nigel. Attraversò la strada ed entrò in un'altra farmacia. Quando tornò in albergo, era stata in quattro di esse. Una cosa l'aveva sorpresa: nella terza, s'era di nuovo imbattuta in quel giovane dal viso di gufo, che chiedeva sempre lo stesso dentifricio.

Mentre si cambiava d'abito e dava un ultimo tocco al viso, prima di scendere a pranzo, si sentiva quasi leggera. Fece volutamente tardi, perché non desiderava incontrare alcuno dei compagni di viaggio; il che, in ogni caso, sarebbe stato difficile, poiché, dall'apparecchio diretto a Dakar, soltanto lei era scesa a Casablanca.

Il ristorante era quasi vuoto, quando Hilary entrò; tuttavia, le accadde subito di notare, a un tavolo vicino al muro, il giovane inglese dal viso serio, che aveva evidentemente finito di pranzare e sembrava assorto nella lettura di un quotidiano francese.

Hilary ordinò un buon pranzo e mezza bottiglia di vino. Si sentiva alquanto eccitata al pensiero che, dopo tutto, era alla sua ultima avventura. Alla fine, alzandosi da tavola, chiese che le fosse portata in camera una bottiglia d'acqua minerale.

Un cameriere gliela portò quasi subito e, dopo averle augurato la buona notte, si ritirò. Hilary sospirò di sollievo, girò la chiave nella toppa, trasse dal cassetto della toilette le compresse di sonnifero, le posò sul tavolo e si versò un bicchiere d'acqua.

Si svestì, indossò una vestaglia e si sedette a un tavolino. Il cuore le batteva rapido. Provava qualcosa di simile alla paura, adesso. Un senso di paura che pareva quasi più affascinarla che indurla a desistere dal suo progetto di morte. Anzi era assolutamente calma e decisa. Sarebbe stata la liberazione, la vera liberazione. Era combattuta dal pensiero di lasciare o no un biglietto. Decise di no. Non aveva parenti, né amici intimi, nessuno a cui desiderasse dire addio. Quanto a Nigel, non avrebbe voluto caricarlo di un rimorso inutile, ammesso che uno scritto potesse raggiungere un simile scopo. Nigel avrebbe probabilmente letto nel giornale che una certa Hilary Craven era morta per aver ingerito una dose troppo forte di sonnifero. Un breve articolo, del quale lui avrebbe accettato per buono il significato apparente. Non era neanche da escludere che la notizia potesse procurargli addirittura un senso di sollievo, dato che si trattava di un uomo desideroso di vivere in pace con la propria coscienza. In fondo, così come stavano le cose, Hilary, forse, costituiva un problema continuo per lui.

Non c'era da fare null'altro che inghiottire le compresse, sdraiarsi sul letto e addormentarsi. Da quel sonno non si sarebbe svegliata. Non aveva scrupoli religiosi. La morte di Brenda aveva spazzato via tutto. Era di nuovo la viaggiatrice che era stata all'aeroporto di Heath Row: una viaggiatrice in attesa di partire per una *destinazione ignota*, non impacciata da bagagli, non commossa dagli addii. Il passato era già dimenticato. Gli affanni, le lunghe notti insonni, tutto era sparito. Si sentiva finalmente libera e leggera, pronta per il viaggio.

Allungò la mano per prendere le compresse. In quell'istante, qualcuno bussò discretamente alla porta. Restò con la mano a mezz'aria. Chi poteva essere? La cameriera? No, il letto era già preparato per la notte. Forse era qualcuno che chiedeva il passaporto? Si strinse nelle spalle. Non avrebbe risposto. Chiunque fosse, alla fine se ne sarebbe andato.

Bussarono di nuovo. Questa volta più forte. Ma Hilary non si mosse. Teneva gli occhi fissi sulla porta e d'un tratto, con stupore, notò che la chiave stava lentamente girando, poi, di scatto, cadde sul pavimento. Allora la maniglia si mosse e un uomo apparve sulla soglia. Era il giovane del dentifricio! Hilary lo fissò sbalordita e, al momento, non riuscì ad articolar parola. Il giovane chiuse la porta, raccolse da terra la chiave, l'introdusse di nuovo nella serratura e la girò. Si diresse poi verso la donna e si sedette dall'altro lato del tavolino.

« Mi chiamo Jessop » disse disinvolto.

Hilary sentì il viso infiammarsi. Si protese verso di lui e lo apostrofò con fredda collera. « Posso chiederle cosa intende fare qui? »

Lui la guardò con aria solenne, e ammiccò. « È buffo » disse. « È proprio quello che volevo chiedere a lei. » Accennò con un rapido gesto ai preparativi sul tavolo.

Hilary rispose con asprezza: « Non so proprio a cosa alluda. »

« Sì, che lo sa. »

La donna tacque, cercando le parole. Avrebbe voluto dire tante cose. Esprimere la sua indignazione, ordinargli di uscire. Ma per quanto possa sembrare strano, la curiosità ebbe il sopravvento. La domanda le salì alle labbra, quasi suo malgrado. « La chiave. Come ha fatto a farla girare? »

« Oh! » fece lui con una specie di smorfia fanciullesca. Trasse di tasca un piccolo oggetto di metallo e glielo porse.

« Vede, è molto pratico. Basta inserirlo nella serratura, dal lato opposto, afferrare la chiave e girarla. » Riprese l'aggeggio e lo ripose in tasca. « Gli scassinatori lo usano. »

« Così, lei è un ladro. »

« No, no! Mi faccia giustizia, signora Craven. Ho bussato, prima. I ladri non bussano. L'ho usato solo quando ho capito che non aveva alcuna intenzione di aprirmi. »

« Le rincresce dirmi il perché di questa violazione? »

Di nuovo il visitatore diede un'occhiata alle cose preparate sul tavolo. « Non lo farei, se fossi in lei » disse. « Non è così semplice come crede. Lei pensa di addormentarsi e di non svegliarsi più, ma la faccenda è molto più complessa. Gli effetti, a volte, possono essere imprevisti: convulsioni, cancrena della pelle. Se, per caso, è resistente alla droga, essa può tardare ad agire, e nel frattempo qualcuno interviene, la sottopone a un sacco di pratiche ingrate, come lavanda gastrica, olio di ricino, caffè bollente. La schiaffeggeranno, la bistratteranno. Tutte cose avvilenti, le assicuro. »

Hilary, le mani contratte, si sforzò di sorridere.

« È ridicolo. Pensa forse che stessi per uccidermi? »

« Non lo penso, ne sono certo. Ero dal farmacista, lo sa, quando c'era anche lei. Chiedevo del dentifricio e, siccome non avevano la qualità che uso di solito, provai da un altro. Anche lì lei stava chiedendo un sonnifero. La combinazione mi parve un po' strana, così ho deciso di seguirla. Tutti quei narcotici non potevano che portarmi a una conclusione. »

Sembrò meditare un attimo sulla faccenda, poi soggiunse: « No. È una cosa che non può fare. Cerchi di capirmi ».

« Riuscirà a fermarmi per il momento. Anche a portarsi via le compresse, o gettarle dalla finestra, ma nulla potrà impedirmi di comprarne altre, o di gettarmi dall'ultimo piano di questo edificio, o sotto un treno in corsa, se così vorrò. »

L'uomo rifletteva.

« È vero che non potrò impedirle di fare qualcuna di queste cose. Ma bisogna vedere se domani sarà ancora della stessa idea. »

« Pensa che qualcosa possa cambiare, di qui a domani? » chiese Hilary con amarezza.

« Succede così, di solito. »

« Forse ha ragione. Sono cose che si fanno nei momenti di disperazione. A mente fredda è differente. Ma io non ho più nulla per cui vivere, capisce? »

Di nuovo Jessop, chinando da un lato la sua buffa testa da gufo, ammiccò: « Molto interessante ».

« Si sbaglia. Non sono una donna interessante. Mio marito, che amavo, mi ha lasciata. La mia unica bambina è morta di meningite. Non ho amici né parenti. Non ho vocazione, né arte, né mestiere o lavoro che mi piaccia. »

« E non pensa di aver torto? »

« Perché dovrei aver torto? La vita è *mia*. »

« Sì, capisco. Non intendo farle la morale. Ma molta gente la condannerebbe. »

« Non me ne importa niente. »

« Padronissima. » Stava lì, seduto, guardandola pensieroso.

« E ora, forse, signor... »

« Jessop » le rammentò l'uomo.

« Ora forse, signor Jessop, vorrà lasciarmi sola. »

Ma lui scosse la testa. « Non ancora. Vede, io volevo sapere cosa c'era dietro tutto questo. Adesso credo di averlo capito. Lei non ha più interesse nella vita, non vuole più vivere. Perciò accarezza, più o meno, l'idea della morte. »

« Appunto. »

« Bene » disse Jessop gioviale. « Stando così le cose, mi dica, è proprio indispensabile che sia un sonnifero? »

« Si spieghi meglio. »

« Lo farò. Le ho già detto che l'espediente da lei prescelto non è sempre così romantico come può sembrare. Gettarsi dall'ultimo piano, neppure. Non è garantito che morirebbe sul colpo. E così dicasi per il treno. Voglio concludere che esistono *altri* modi. »

« Non la capisco. »

« Le sto suggerendo un altro metodo. Più sportivo, oserei dire, e anche più eccitante. Ci sarebbe, forse, una probabilità su cento di scampare, ma, date le circostanze, non credo che possa obiettare a questo particolare. »

« Non ho la minima idea di dove voglia arrivare. »

« Non può averla. Non ho ancora cominciato a dirle di che si tratta. Dovrò raccontarle tutta una storia. Mi permette di proseguire? »

« Avanti, lo faccia. »

Jessop non notò la mala grazia con cui il consenso fu dato. Cominciò: « Lei è il tipo di donna che legge i giornali, suppongo, e si tiene al corrente di quanto avviene nel mondo. Avrà certo letto, più d'una volta, della scomparsa di vari scienziati. Circa un anno fa si trattò di un italiano, e circa due mesi fa fu la volta di un giovane fisico: Thomas Betterton ».

Hilary assentì col capo. « Sì, ricordo d'averlo letto. »

« Ebbene, la realtà è peggiore di quanto appaia dai giornali. Voglio dire che un maggior numero di persone è scomparso. Non sempre si trattava di scienziati. Molte volte sono stati dei semplici studiosi, impegnati in importanti esperimenti e ricerche nel campo della chimica, della fisica o della medicina. Perfino un penalista. Il nostro è un paese libero, questo è vero. Uno può anche andarsene, se gli piace. Ma, in determinate circostanze, abbiamo il dovere di scoprire *perché* questa gente se n'è andata, *dove*, e, più ancora, *come* se n'è andata. È stato per libera scelta? Li hanno rapiti? Ricattati? Che strada hanno fatto? Qual è l'organizzazione che coordina tutto, e quale il suo scopo ultimo? Sono molte le domande cui dobbiamo rispondere. Lei potrebbe aiutarci. »

Hilary lo guardò, meravigliata. « Perché io? E come potrei? »

« Mi riferisco al caso particolare di Thomas Betterton. Come le ho detto, costui scomparve da Parigi due mesi fa, lasciando la moglie in Inghilterra. Quest'ultima ha sempre giurato di non avere la minima idea del perché, del come, e di dove suo marito sia andato a finire. Ciò può essere vero, ma potrebbe anche non esserlo. Qualcuno, e io sono fra costoro, non lo crede. »

Hilary si fece attenta. Suo malgrado la storia cominciava a interessarla.

Jessop proseguì: « Decidemmo di tener d'occhio la signora Betterton, con molta discrezione. Circa due settimane fa, venne a dirmi che il medico l'aveva consigliata di cambiare aria, di distrarsi, ordinandole un riposo assoluto. Meglio di tutto se fosse andata all'estero, giacché in Inghilterra, giornalisti, amici, parenti, avrebbero continuato a molestarla ».

« Lo immagino. »

« Fin qui è abbastanza comprensibile che lei desiderasse andarsene per qualche tempo. »

« Direi, anzi, che è perfettamente naturale. »

« Ma noi, deve sapere, siamo gente perfida, sospettosa. Decidemmo di non perdere di vista la signora Betterton, che è partita ieri per Casablanca. »

« Casablanca? »

« Sì. Naturalmente, come prima tappa. Lei era diretta in altre parti del Marocco. I piani preparati, i posti prenotati, tutto chiaro, tutto fatto alla luce del sole. Ma non è escluso che questo viaggio si risolva, per la signora Betterton, in un salto nel buio. »

Hilary scrollò le spalle.

« E io come c'entro in tutto questo? »

« Lei c'entra perché ha dei magnifici capelli rossi, signora Craven. »

« *Capelli*? »

« Proprio così. Sono la caratteristica della signora Betterton. Avrà sentito dire, probabilmente, che l'aereo prima del suo si è schiantato nell'atterraggio. »

« Lo so. Avrei dovuto esserci. Effettivamente avevo prenotato il posto. »

« Interessante » esclamò Jessop. « Bene, la signora Betterton invece *era* su quell'apparecchio. È stata tratta fuori dai rottami ancora viva, e ora è all'ospedale, ma, se dobbiamo credere a quanto dice il dottore, domattina non sarà più di questo mondo. »

A Hilary parve di scorgere uno spiraglio di luce. Guardò Jessop.

« Sì » disse lui « forse comincia a capire la forma di suicidio che le offro. Sono del parere che la signora Betterton debba proseguire il suo viaggio e le suggerirei di assumerne la personalità. »

« Ma non è una cosa fattibile » obiettò Hilary. « Voglio dire che *loro* capirebbero immediatamente che si tratta di un'altra. »

Jessop chinò la testa da un lato.

« Tutto dipende da chi intende per *loro*. È un termine molto vago. Chi sono *loro*? Noi non lo sappiamo. Se vogliamo credere alle opinioni comuni, allora ci risulta che questa gente agisce per mezzo di cellule indipendenti. Lo fanno per loro sicurezza. Se il viaggio della signora Betterton era stato previsto, le persone di qui che avevano l'incarico di occuparsi di lei sapranno solo che, a un dato momento, dovranno entrare in contatto con una certa donna, in un luogo stabilito. Dopo di che proseguiranno i loro piani. I dati sul passaporto della signora Betterton le si attagliano abbastanza bene: statura un metro e settanta, capelli rossi, occhi grigio-azzurri, bocca normale, nessun segno particolare. »

« Ma le autorità locali? »

Jessop sorrise. « In quanto a questo nessun problema. Anche i francesi hanno perso diversi scienziati di valore, perciò collaboreranno. I fatti saranno *ricostruiti* in questo modo: la signora Betterton è stata portata all'ospedale in preda a grave choc. Contemporaneamente, un'altra passeggera dell'aereo distrutto, la signora Craven, è stata ricoverata. Tra un paio di giorni *la signora Craven morirà all'ospedale* e la signora Betterton verrà dimessa, ancora un po' sofferente, ma in grado di proseguire il viaggio. Il disastro è autentico, lo choc pure e ciò potrà giustificare molte cose: lacune nella memoria, comportamento strano, e così via. »

« Sarebbe pazzesco » disse Hilary.

« È un lavoro arduo e, se i nostri sospetti trovassero conferma, lei avrebbe poche speranze di cavarsela. Vede che sono franco; ma, considerando l'alternativa di gettarsi sotto un treno, o qualcosa di simile, penso che dovrebbe giudicare la mia offerta molto più interessante. »

All'improvviso Hilary si accorse che aveva voglia di ridere. « Credo che abbia ragione. »

« Allora è d'accordo? »

« Sì. Perché non dovrei esserlo? »

« Quand'è così » esclamò Jessop alzandosi d'impeto « non c'è tempo da perdere. »

## IV

All'ospedale, non faceva proprio freddo, eppure si provava questa sensazione. Nell'aria aleggiava il caratteristico odore degli antisettici. A tratti, lungo il corridoio, al passaggio dei carrelli, si udiva un tintinnio di vetri e di metalli. Hilary Craven era seduta di fianco a un letto.

Nel letto, con la testa bendata, e priva di conoscenza, giaceva Olive Betterton. In piedi, da un lato un'infermiera, dall'altro il medico. All'angolo opposto della stanza stava seduto Jessop. Il medico si rivolse a lui in francese.

« Non resisterà a lungo » disse. « Non si sente quasi più il polso. »

« Crede che non riprenderà conoscenza? »

Il francese scosse le spalle.

« Non posso dirlo. Potrebbe anche riaversi... verso la fine. »

« Non si può far nulla? Nessuno stimolante? »

Il medico scosse di nuovo la testa e uscì. L'infermiera lo seguì. Fu sostituita da una suora che sedette a capo del letto, facendo scorrere fra le dita i grani del rosario. Hilary gettò uno sguardo a Jessop e, a un suo cenno, lo raggiunse.

« Ha sentito cos'ha detto il dottore? » le chiese lui sottovoce.

« Sì. Cosa vorrebbe che facessi? »

« Se riprende conoscenza dobbiamo cercar di ottenere ogni informazione possibile: segni, messaggi, parola d'ordine, *qualunque cosa*, capisce? È molto più facile che parli a lei che non a me. »

« Vorrebbe che tradissi qualcuno che sta morendo? » chiese Hilary, turbata.

« A lei farebbe questo effetto, vero? »

« Sì. »

Lui la guardò per un attimo, in silenzio.

« Ebbene, allora dirà e farà ciò che le aggrada. Da parte mia non posso avere scrupoli! Lei mi capisce, no? »

« Naturalmente. Fa parte del suo dovere. Ma non lo chieda a me. »

« Lei è un agente libero. »

« C'è una cosa sulla quale dobbiamo accordarci. Si deve, o no, dirle che sta morendo? »

« Non so. Non ci ho ancora pensato. »

Hilary tornò al suo posto, accanto al letto. Sentiva una profonda compassione per quella donna. Una creatura che forse aveva cercato di raggiungere l'uomo che amava. O forse no. Chi poteva dire come stavano veramente le cose?

Il tempo passava. Erano trascorse due ore circa quando cessò, di colpo, il lieve tintinnio dei grani del rosario.

« C'è qualcosa che non va » disse la suora. « Si avvicina la fine, credo. Vado a cercare il dottore. »

Jessop si portò dall'altro lato del letto, tenendosi vicino al muro, così da non trovarsi nel raggio visivo della morente. Due pallidi occhi si fissarono in quelli di Hilary. Si richiusero e di nuovo si riaprirono.

« Dove...? »

La parola uscì, quasi in un soffio, proprio mentre il medico entrava nella stanza. Costui le prese la mano per tastare il polso.

« È all'ospedale, madame. Ha avuto un incidente aereo. »

« Aereo? » mormorò debolmente la donna.

« C'è qualcuno che lei voglia vedere a Casablanca, madame? Vuole inviare qualche messaggio? »

Lei sollevò faticosamente gli occhi verso il dottore.

« No » disse. Poi volse di nuovo lo guardo a Hilary. « Chi... chi... »

Hilary si protese verso di lei cercando di pronunciare distintamente.

« Sono venuta anch'io dall'Inghilterra con l'aereo. Mi dica se posso fare qualcosa per aiutarla. »

« No, nulla... nulla... a meno che... »

« Sì. »

« No, nulla. »

Le palpebre tremanti nascosero di nuovo gli occhi. Hilary sollevò la testa e incontrò lo sguardo imperioso di Jessop, ma lei fece un segno di diniego.

Jessop fece un passo avanti. La morente aprì di nuovo gli occhi e lo vide. Improvvisamente lo sguardo le si animò. « Io la conosco » disse.

« Sì, signora Betterton. Mi conosce. Vuole dirmi ciò che sa di suo marito? »

« No. » Gli occhi si richiusero.

Jessop si voltò e uscì dalla stanza. Il dottore, si rivolse a Hilary: « È la fine! ».

La morente aprì gli occhi una volta ancora. Guardò attorno alla stanza, poi posò di nuovo lo sguardo su Hilary e fece un debole gesto con la mano. Hilary prese quella mano fredda fra le sue. Il dottore, con un piccolo inchino, lasciò la stanza. Le due donne erano sole, ora. Olive Betterton cercava di parlare.

« Mi dica... mi dica... »

Hilary si chinò più ancora.

« Sì » le sussurrò « è la fine. È questo che vuole sapere, vero? Ora, mi ascolti. Io cercherò di raggiungere suo marito. Vuole affidarmi qualche messaggio nel caso riuscissi a trovarlo? »

« Gli dica... gli dica... di stare in guardia, Boris... Boris pericoloso... »

La voce si spense nuovamente.

« Può dirmi qualcosa che mi sia d'aiuto? Voglio dire che mi possa aiutare a ritrovare suo marito? »

« *Neve.* »

La parola uscì così debole che Hilary rimase perplessa. Neve? *Neve*? Non riusciva a capire. Qualcosa come un riso soffocato, poi altre parole fioche uscirono dalle labbra di Olive Betterton:

« *Lenta la neve cade e si dissolve.* »

Poi, dopo una pausa, disse ancora: « Vada... vada e gli dica di Boris. Io non ci credevo, *non volevo crederci*. Ma forse è vero... se fosse, se fosse... ». Una preghiera si rifletteva in quello sguardo, fisso su Hilary: « Stia attenta... ».

Un rantolo le uscì dalla gola, le labbra si contrassero in un'ultima smorfia.

Olive Betterton era morta.

Lo sforzo mentale al quale si sottopose Hilary, nei cinque giorni che seguirono, fu strenuo. Confinata in una camera dell'ospedale, s'era messa al lavoro. Ogni sera doveva superare un esame su quanto aveva appreso nella giornata. I particolari della vita di Olive Betterton erano stesi su fogli che lei doveva studiare a memoria. La casa nella quale Olive era vissuta, le donne che erano state al suo servizio, i parenti, il nome del suo cane preferito, del suo canarino, ogni particolare della vita coniugale con Thomas Betterton. La cerimonia nuziale, il nome delle damigelle d'onore, i loro abiti. Il disegno delle tende, dei tappeti. I gusti di Olive, le sue predilezioni. I suoi cibi preferiti. Hilary era sorpresa da questo cumulo di informazioni, apparentemente prive d'importanza. Una volta chiese a Jessop:

« È possibile che queste cose abbiano peso? »

« Forse no » rispose lui « ma lei deve immedesimarsi completamente nel personaggio. Immagini di essere un'autrice e di scrivere la biografia di una donna. La donna è Olive. Lei deve descriverne la vita: l'infanzia, la giovinezza, la casa nella quale visse. A poco a poco vedrà che Olive diventerà, per lei, un personaggio familiare. Poi riprenda il lavoro sotto altra forma. Sarà un'autobiografia, questa volta, scritta in *prima persona*. Segue il mio pensiero? »

Hilary assentì col capo.

« Lei non potrà pensare a se stessa come Olive Betterton, finché non *sarà* Olive Betterton. Certo sarebbe stato necessario avere maggior tempo a disposizione, ma, grazie a Dio, lei possiede un cervello agile e buona memoria. »

Le descrizioni delle due donne, sul passaporto, erano quasi identiche, ma i loro due visi, effettivamente, erano diversi. Olive Betterton aveva un volto grazioso ma piuttosto comune e insignificante. Hilary, invece, possedeva una bellezza interessante, volitiva. Gli occhi profondi rivelavano ardore e intelligenza.

*C'è della passione*, pensava Jessop, *c'è della stoffa*. E, rivolgendosi a lei: « Ce la farà » disse. « È un'allieva in gamba. »

Questa specie di sfida al suo intelletto e alla sua memoria aveva stimolato Hilary. Ora la parte cominciava a piacerle, voleva riuscire. Restava, tuttavia, qualche perplessità. La comunicò a Jessop.

« Lei sostiene che potrò spacciarmi per Olive Betterton perché *loro* non sono in grado di riconoscerla se non in base a particolari generici. Ma come possiamo essere certi di questo? »

« Di nulla si può esser certi. Ma noi sappiamo, più o meno, come vengono architettate queste messinscena. Sembra che le cellule operanti nei vari paesi sappiano poco o niente l'una dell'altra. Questo rappresenta, per loro, un enorme vantaggio perché, supponiamo che in Inghilterra la catena sia un anello debole (e nelle grandi organizzazioni è sempre possibile), ebbene questo punto debole non sa nulla di quello che succede in Francia, Germania, Italia, e così via, di modo che, alla fine, noi ci ritroviamo a un punto morto. Sono come tante piccole porzioni di un tutto, ognuna delle quali conosce soltanto la sua parte. Giurerei che la cellula locale sa solo che Olive Betterton giungerà con il tale apparecchio e che dovranno esserle trasmesse queste o quelle istruzioni. La donna non è importante per *se stessa*. Se hanno il compito di farle raggiungere il marito è, probabilmente, perché pensano di ottenere da Thomas Betterton maggior rendimento, con la moglie vicina. Lei non è altro che una pedina nel gioco. Il nostro piano d'azione era di seguire Olive Betterton per scoprire dove andava, *come*, chi avrebbe incontrato, e così via. È prevedibile che l'avversario stia all'erta. »

« L'avete mai fatto prima? » domandò Hilary.

« Sì, ci provammo una volta in Svizzera, ma fallimmo lo scopo. Se anche la donna avvicinò qualcuno, non riuscimmo a scoprirlo. Naturalmente si aspetteranno che Olive Betterton sia seguita e saranno preparati. Sta a noi cercare, questa volta, di essere più astuti dei nostri avversari. »

« Così sorveglierete anche me? »

« Naturalmente. »

« E come? »

« Questo non glielo dirò. Così non potrà svelare quello che non sa. »

« Crede che sarei capace di farlo? »

« Non so quanto vale come attrice. D'altronde non è solo questione di *non dire* qualcosa di compromettente. Può bastare un nulla: una pausa, un attimo di fiato sospeso, il riconoscimento di un amico o di un nome. »

« Capisco, significa stare in guardia ogni frazione di minuto secondo. »

« Esattamente. Frattanto proseguiamo con le lezioni. Come Olive Betterton è perfetta, ormai. Vediamo il resto. »

Cifrari, risposte, ripetizioni, domande. Tentativi di confonderla, di coglierla in fallo. Schemi ipotetici per studiare le reazioni. Alla fine Jessop dovette dichiararsi soddisfatto.

« Ce la farà » disse. « È stata veramente brava. E ricordi che per quanto, a volte, possa sentirsi troppo sola in questa faccenda, probabilmente non lo è. Dico *probabilmente*, perché non voglio sbilanciarmi. »

« Cosa succederà se arriverò alla fine del viaggio? »

« Cioè? »

« Se arriverò a trovarmi di fronte a Tom Betteron? » Jessop aveva una grinta sinistra.

« Certo, quello sarà il momento pericoloso. Posso dirle soltanto che se fino a quel momento *tutto sarà andato bene*, lei *dovrebbe* trovarsi protetta. Vale a dire se le cose sono andate come noi *speriamo*. Ma, come già le dissi, francamente non esistono troppe probabilità di sopravvivenza. »

« Non parlò di una probabilità su cento? »

« Non la conoscevo abbastanza allora. In realtà penso che quella percentuale sia da modificare. »

« Già, per lei ero soltanto... »

Jessop terminò la frase per lei.

« Una donna dai magnifici capelli rossi che non aveva il coraggio di continuare a vivere. »

Hilary arrossì.

« Una definizione piuttosto dura. »

« Ma è vera, no? Non ritengo affatto opportuno mentire per motivi di pietà o di delicatezza. È una cosa che si fa con chi è portato all'autocommiserazione. E l'autocommiserazione è uno dei guai più diffusi, oggigiorno. »

« Forse ha ragione. Avrà pietà di me quando mi liquideranno alla fine della missione? »

« Pietà di lei? No. Piuttosto imprecherò per aver perso una persona capace. »

« È un complimento, dopo tutto. » Hilary si accorse con dispetto di provare un certo piacere.

« C'è un'altra cosa che voglio chiarire. Lei dice che, probabilmente, nessuno è in grado di riconoscere le fattezze di Olive Betterton. Ma che succederebbe se qualcuno riconoscesse me? A Casablanca non conosco nessuno, ma c'è gente che ha viaggiato sull'aereo con me. E può sempre capitar d'imbattersi in una conoscenza. »

« Circa i passeggeri dell'aereo non si preoccupi. Erano tutti uomini d'affari diretti a Dakar. Uno solo ha fatto sosta a Casablanca ma è ripartito per Parigi. Lei ora verrà trasferita a un altro albergo, quello dove Olive Betterton aveva prenotato l'alloggio. Indosserà i suoi abiti, ne adotterà la pettinatura, e qualche striscia di cerotto, qua e là sul viso, completerà il suo travestimento. Sarà necessario anche qualche segno autentico dell'incidente. Di questo s'incaricherà un medico. Anestesia locale, non sentirà alcun dolore. »

« Lei è davvero meticoloso. »

« Devo esserlo. »

« Non mi ha mai chiesto se Olive Betterton mi confidò qualcosa prima di morire. »

« Mi sembrava che avesse degli scrupoli. »

« Mi dispiace. »

« Non è il caso. La rispetto, per questo. Io stesso mi sentirei portato ad averne, ma purtroppo non posso permettermelo. »

« Mi disse qualcosa che credo sia corretto riferirle. In breve, mi chiese di avvertire il marito di stare in guardia contro un certo Boris. »

« Boris » ripeté Jessop. « Ah! Il nostro irreprensibile maggiore Boris Glydr. »

« Lo conosce? »

« Un polacco. Venne a trovarmi a Londra. Dice di essere un cugino di Betterton, per parte della prima moglie. »

« Sospetta che non lo sia? »

« Abbiamo solo la sua parola. »

« Sembrava che Olive ne avesse paura » sottolineò Hilary. « Può descrivermelo? Mi piacerebbe poterlo riconoscere. »

« Statura 1,90 circa. Peso sugli ottanta. Biondo, viso duro, impassibile, occhi chiari, modi enfatici. Parla un inglese assolutamente corretto ma con forte accento straniero. Portamento rigido, militare. Lo feci seguire quando lasciò il mio ufficio. Era venuto con una lettera di presentazione dell'ambasciata americana, e andò subito là. Suppongo che poi abbia abbandonato l'ambasciata in macchina o sia passato da un'uscita posteriore. Fatto sta che ci sfuggì. Sì, penso anch'io che possa rivelarsi pericoloso. »

V

La signora Betterton aveva lasciato l'ospedale quel pomeriggio, cinque giorni dopo il disastro, e un'ambulanza l'aveva portata all'*Hôtel St. Louis*.

Aveva l'aspetto di persona malata, e il viso era bendato. Fu accompagnata subito in camera da un direttore ossequioso che mostrava molta comprensione per le sue peripezie.

« Che emozione dev'essere stata per lei, madame! »

le disse dopo essersi assicurato che la camera fosse di suo gradimento, e avere, senza alcuna ragione, acceso tutte le luci.

« È stato un vero miracolo, una fortuna straordinaria. Tre scampati soltanto, ho sentito dire, e uno di loro non ancora fuori pericolo. »

Hilary si lasciò cadere su una sedia.

« Sì » disse con aria stanca. « Ancora non riesco a crederci. E ricordo pochissimo. Le ultime ventiquattr'ore, prima del sinistro, sono ancora avvolte nella nebbia. »

Il direttore annuì con molta simpatia.

« È l'effetto dello choc. Capitò anche a una mia sorella durante la guerra. Si trovava a Londra. Una bomba la gettò a terra, priva di conoscenza. Ma poi rinvenne, si rialzò, girò per Londra, prese un treno alla stazione di Euston e, *si figuri*, scese a Liverpool senza ricordare nulla della bomba, né di essere stata a Londra, o di aver preso il treno! L'ultima cosa che rammentava era di aver appeso una sottana nel guardaroba, a Londra. Strane cose, non è vero? »

Hilary ne convenne e il direttore, con un inchino, prese congedo. La donna si alzò per guardarsi in uno specchio. Era così immedesimata nel suo personaggio, da sentirsi le membra spezzate come se fosse effettivamente uscita dall'ospedale dopo un grave infortunio.

S'era già informata al *bureau*, ma non c'era nessuna lettera, o messaggio, per lei. I primi passi, nella sua nuova parte, bisognava farli forzatamente al buio. Forse era convenuto che Olive Betterton dovesse fare qualche telefonata, o mettersi in contatto con qualcuno a Casablanca. A tale proposito non possedevano alcun indizio. I soli dati in suo possesso erano quelli forniti dal passaporto di Olive, dalla lettera di credito, dai biglietti e prenotazioni dell'agenzia di viaggio. Queste ultime prevedevano una sosta di due giorni a Casablanca, sei giorni a Fez e cinque a Marrakech. Naturalmente, a quest'ora erano scadute e sarebbe stato necessario rinnovarle. Il passaporto e gli altri documenti avevano subìto le necessarie metamorfosi. Le credenziali erano tutte in ordine. Non le restava che recitare bene la parte e attendere. Il suo asso nella manica era costituito dal disastro aereo che le aveva causato perdita della memoria e confusione mentale.

L'incidente era stato autentico. Olive Betterton si trovava veramente in quell'aereo. Lo choc avrebbe giustificato qualunque indecisione, da parte sua, nell'adottare certe misure precedentemente concordate. Confusa, debole, la signora Betterton avrebbe atteso ordini.

Cosa naturale, per una convalescente, sarebbe stata riposare. E così fece, restandosene per due ore sdraiata sul letto. Poi si alzò, si ravviò i capelli, diede un tocco di rossetto alle labbra e scese per il pranzo.

Molti tavoli erano occupati da uomini d'affari i quali le prestarono scarsa attenzione; altri, invece, erano occupati da turisti, i quali non nascosero un chiaro interesse verso la sua persona. Bisbigli e mormorii le giunsero all'orecchio.

« Vedete quella donna dai capelli rossi? È una superstite del disastro aereo. Ha l'aspetto ancora molto malandato. Io trovo che non avrebbero dovuto dimetterla così presto. Che terribile esperienza! »

Dopo pranzo Hilary sedette nel salone dell'albergo. C'era qualche altra donna, qua e là. Una signora bassa e grassoccia, di mezz'età, con i capelli bianchi accuratamente azzurrati e un simpatico accento americano, venne a sedersi vicino a lei e attaccò discorso.

« Spero che vorrà scusarmi. Mi permette una domanda? È lei, vero, la signora scampata alla catastrofe aerea pochi giorni fa? »

« Sì » disse Hilary deponendo la rivista che aveva fra le mani.

« Misericordia! Che terribile disgrazia. Dicono che ci siano stati solo tre sopravvissuti, vero? »

« Solo due » corresse Hilary. « Uno dei tre è morto all'ospedale. »

« Davvero? Se non sono indiscreta, signora... »

« Betterton. »

« Bene, se non sono indiscreta, dicevo, dove era seduta nell'aereo? In testa o in coda? »

Hilary era preparata a quella domanda.

« In coda. »

« Ecco, lo dicono sempre, che è il posto più sicuro. D'ora in poi non vorrò più che mi mettano in testa! Ha udito, signorina Hetherington? » Così dicendo, volse la testa verso un'altra signora, pressappoco della sua stessa età, inequivocabilmente inglese, con una lunga faccia cavallina. « È proprio quello che sostenevo l'altro giorno. »

« Suppongo che qualcuno debba pure adattarsi » osservò Hilary.

« Non io » rispose prontamente l'americana. « A proposito, il mio nome è Calvin Baker. »

Hilary fece un lieve inchino col capo, e l'altra proseguì:

« Vengo dal Mogador e la signorina Hetherington viene da Tangeri. Ci siamo conosciute qui. Visiterà Marrakech, signora Betterton? »

« Era nei miei programmi. Naturalmente questo contrattempo ha sconvolto tutti i miei piani. »

« È più che comprensibile. Ma non deve mancare Marrakech, non è del mio parere, signorina Hetherington? »

« Marrakech è terribilmente costosa » disse l'inglese « e la nostra miserabile assegnazione di valuta rende le cose molto difficili. »

« Dove altro conta di andare, signora Betterton? » chiese ancora l'americana.

« Mi piacerebbe vedere Fez » disse Hilary prudentemente. « Ma naturalmente dovrò rinnovare le prenotazioni. »

« In ogni caso, non deve tralasciare di visitare Fez e Rabat. »

« Lei ci è stata? »

« Quest'anno non ancora, ma ho in mente di andarci fra non molto e così pure la signorina Hetherington. »

« Credo che la città vecchia sia quasi intatta » osservò quest'ultima.

La conversazione continuò per qualche tempo, su questo binario, finché Hilary, accusando stanchezza, chiese il permesso di ritirarsi.

Fino a quel momento la serata non aveva approdato a nulla. Le due donne con le quali aveva parlato appartenevano sicuramente a quel tipo di turista che tutti conoscono, e non riusciva a immaginare che potessero essere qualcosa di diverso. Decise che l'indomani, qualora non avesse ricevuto comunicazione di alcun genere, si sarebbe rivolta all'agenzia Kook per fissare nuovamente l'albergo a Fez e Marrakech.

Il mattino seguente, infatti, non essendole pervenuto nessun segno, si recò all'agenzia di viaggi. C'era molta gente e dovette pazientare, ma quando, finalmente, raggiunse lo sportello e incominciò a parlare con l'impiegato, un uomo più anziano, che gli stava vicino, lo allontanò col gomito e si mise, sorridendo, a disposizione di Hilary.

« Madame Betterton, vero? Le sue prenotazioni sono pronte. »

« Penso » disse Hilary « che ormai siano scadute. Sono stata all'ospedale e... »

« Ah, *mais oui*, lo so, madame. Anzi mi permetta di congratularmi per lo scampato pericolo. Ma, dopo la sua telefonata, abbiamo provveduto nuovamente a fissare i posti. »

Hilary sentì il cuore accelerare i battiti. A quanto le risultava, nessuno aveva telefonato all'agenzia di viaggi. Questo era un chiaro segno che qualcuno stava disponendo i movimenti di Olive Betterton.

« Non ero certa che avessero telefonato » disse.

« Ma sicuro, madame. A lei. »

Le mostrò i biglietti ferroviari, le conferme degli alberghi, e, in pochi minuti, furono sbrigate tutte le formalità. Hilary doveva partire il giorno dopo per Fez.

Al ristorante, sia a colazione che a pranzo, la signora Baker non si fece vedere. C'era soltanto la signorina Hetherington che si limitò a salutare Hilary con un breve cenno del capo. Il giorno seguente, dopo aver acquistato qualche capo di vestiario, Hilary lasciò Casablanca.

Il giorno stesso della partenza di Hilary la signora Baker, rientrando all'hôtel col suo solito fare brioso, fu avvicinata dalla signorina Hetherington il cui lungo naso tremolava per l'eccitazione.

« Sa, ho ricordato. Quel cognome, *Betterton*, è quello dello scienziato scomparso circa due mesi fa. Era su tutti i giornali. »

« Già, mi pare di ricordare qualcosa. Uno scienziato britannico che era andato a Parigi per qualche conferenza. »

« Appunto. Sto pensando se, per caso, non fosse sua *moglie*. Sa, ho guardato nel registro e ho visto che lei è di Harwell. Harwell è il centro atomico. Io credo proprio che sia un grave errore fabbricare tutte queste bombe atomiche. E ora ci aggiungono quella al cobalto. Pensare, un così bel colore, e mi piaceva tanto, da bambina, averlo fra i miei pastelli. Quella bomba è la peggiore, ho sentito dire. *Nessuno* le sopravvive. Non dovevano fare questi esperimenti. Qualcuno mi ha detto l'altro giorno che un suo cugino, un uomo che sa il fatto suo, ha detto che tutto il mondo potrebbe diventare *radioattivo*, capisce? »

« Dio mio! » esclamò la signora Baker.


## VI

Il tempo era perfetto. Limpido e assolato. Hilary si divertiva a guardare il paesaggio dal finestrino mentre il treno correva verso il nord. Di fronte a lei sedeva un francese che aveva l'aspetto di un commesso viaggiatore. Nel posto d'angolo c'era una monaca che stava biascicando il rosario. Due donne moresche, cariche di pacchi, che conversavano allegramente fra loro, completavano lo scompartimento.

Il francese, dopo averle acceso la sigaretta, attaccò discorso con Hilary.

« Dovrebbe andare a Rabat, madame. Perderebbe molto a non vederla. »

« Cercherò. Ma non ho molto tempo. Inoltre » Hilary sorrise « il denaro è scarso. Ne concedono così poco ai turisti. »

« Ma è facile rimediare. Basta accordarsi con un amico di qui. »

« Non credo di avere amici in Marocco. »

« La prossima volta che viaggerà, madame, mi mandi due righe. Le darò il mio biglietto da visita e accomoderò tutto io. Vengo spesso in Inghilterra, per affari, e potrà rimborsarmi là. È molto semplice. »

« Lei è davvero gentile, e spero di ritornare in Marocco. »

« Dev'essere un cambiamento piacevole per lei che viene dal paese della nebbia. »

« Sì, molto piacevole. »

« Com'era il tempo, in Inghilterra, quando è partita? »

« Molta nebbia. »

« Già, è la stagione, questa. E avete avuto neve quest'anno? »

« No » disse Hilary, « non c'è stata neve. » Si chiedeva, divertita, se il compagno di viaggio non credesse suo dovere continuare la conversazione sul tradizionale schema inglese, che si occupa, soprattutto, delle condizioni atmosferiche. Gli fece qualche domanda sulla situazione politica in Marocco e lui rispose dimostrandosi bene informato.

Una volta le capitò di guardare verso la suora e s'accorse che aveva gli occhi fissi su di lei, con aria di disapprovazione. Era sera quando giunsero a Fez.

« Mi permetta di assisterla, madame. »

Hilary si trovò piuttosto confusa in mezzo alla confusione della stazione, dove i portatori arabi vociavano, urlavano e si davano da fare per raccomandare i loro alberghi. Si voltò, grata, verso il suo nuovo amico francese.

« Va al *Palais Djamai*, vero, madame? »

« Sì. »

« È a otto chilometri da qui. »

« Otto chilometri! » esclamò Hilary costernata.

« È nella città vecchia » spiegò il francese. « Io abito qui, nella città nuova, ma per far vacanza, riposarsi e divertirsi si va al *Palais Djamai*. Vi sono bellissimi giardini, e di lì si può andare dritto alla vecchia città di Fez. Se permette, le trovo un taxi. »

« Lei è veramente gentile, ma... »

Il francese parlò rapidamente, in arabo, coi facchini

e aiutò Hilary a prender posto in un taxi. Le diede istruzioni sull'importo da pagare ai rapaci portatori, poi estrasse di tasca un cartoncino e glielo porse.

« Il mio biglietto, madame. Di qualunque cosa avesse bisogno, mi troverà qui, al *Grand Hôtel*, per i prossimi quattro giorni. »

Fece una scappellata e se ne andò. Sul cartoncino era scritto: *Monsieur Henri Laurier.*

Il taxi si mosse velocemente, attraverso la campagna, su, verso una collina. Era calata l'oscurità e Hilary non poteva scorgere il paesaggio. Forse era questo il momento in cui il viaggio stava per entrare nell'ignoto? Non poteva forse essere monsieur Laurier un emissario dell'organizzazione che aveva persuaso Tom Betterton a disertare il lavoro, la casa, la moglie?

Giunse senza problemi al *Palais Djamai* e constatò, con un fremito di piacere, di trovarsi finalmente in un ambiente orientale. Ovunque tappeti, lunghi divani, tavoli da caffè. Quando uscì dal *bureau* dovette attraversare molte sale e una terrazza, prima di giungere alla sua stanza. Arredata in stile orientale, era, tuttavia, provvista di tutti i comfort moderni.

Dopo essersi ripulita e ravviati i capelli, scese al ristorante. Il pranzo fu eccellente. Gente entrava e usciva continuamente, ma Hilary era troppo stanca, quella sera, per studiarla e classificarla, nonostante ciò una o due persone colpirono la sua fantasia. Un vecchio, con il viso giallo e una barbetta da capra, si faceva notare per l'estrema deferenza con cui era trattato dal personale dell'albergo. Un lieve muover di ciglia era sufficiente perché un cameriere si precipitasse al suo tavolo. Hilary si chiedeva chi mai potesse essere. La maggioranza dei frequentatori erano turisti in viaggio di piacere. Al centro della stanza, seduto a un grande tavolo, stava un tedesco; vicino a lui un uomo attempato con una bellissima ragazza bionda, che avrebbe potuto essere svedese o danese. C'erano poi una famiglia inglese con due bambini, tre famiglie francesi, e vari gruppi di turisti americani.

Dopo pranzo prese il caffè sulla terrazza e andò a coricarsi presto.

Il mattino seguente, mentre sedeva sotto un ombrellone che la proteggeva dal sole, Hilary si rese conto di quanto fosse assurda tutta questa faccenda. Si trovava in Marocco, nei panni di una morta, in attesa che si verificasse qualche fatto da melodramma. Dopo tutto, non poteva darsi che la povera Olive Betterton fosse veramente venuta all'estero soltanto per distrarre la mente e il cuore dal pensiero delle sue sventure?

In fondo, le ultime parole da lei pronunciate si prestavano ad una spiegazione abbastanza plausibile. Desiderava che il marito venisse messo in guardia contro qualcuno chiamato Boris. Aveva aggiunto qualche altra frase confusa, ma bisognava anche tener conto che la mente ormai vaneggiava. Non c'era stato nessun tono misterioso, nessun filo che potesse essere d'aiuto. Hilary rimirava il giardino, digradante a terrazze, pieno di gente spensierata. Era molto bello, lì. Bello e tranquillo.

Il vecchio dalla faccia gialla salì dal giardino, si sedette a un tavolo all'altra estremità della terrazza e, immediatamente, un cameriere gli si avvicinò e prese l'ordinazione. La bionda svedese, che sedeva a un tavolo lì vicino, tirò la manica del compagno accennando eccitata in direzione del nuovo venuto.

Hilary ordinò un Martini e, quando il cameriere glielo portò, chiese a bassa voce:

« Chi è quel signore attempato, là nell'angolo? »

Il cameriere si chinò e sussurrò in tono enfatico: « Quello è monsieur Aristide. È un uomo incredibilmente ricco ».

Sospirava, in estasi, al pensiero di tanta ricchezza e Hilary guardò una volta ancora quella figura curva, raggrinzita. Un frammento di umanità, rinsecchito e mummificato. Eppure grazie alla sua enorme ricchezza tutti gli si prostravano ai piedi. Proprio in quel momento, gli occhi di monsieur Aristide, sollevandosi, incontrarono i suoi. L'uomo la fissò per un attimo poi guardò da un'altra parte.

*Non così insignificante, dopotutto*, pensò Hilary. Quegli occhi, anche a distanza, le erano apparsi splendidamente vivi e intelligenti.

La ragazza bionda e il suo compagno s'alzarono e uscirono. Il cameriere, che ora aveva l'aria di considerarsi il suo mentore, si fermò di nuovo al tavolo di Hilary e, mentre raccoglieva i bicchieri, la informò:

« *Ce monsieur là*, è un grosso magnate dell'industria svedese. Molto importante e molto ricco, e la signora con lui è una stella del cinema. Un'altra Garbo, dicono. Ma sapesse che storie gli fa! Nulla le piace. È stufa di starsene a Fez dove non ci sono gioiellieri né donne eleganti che possano ammirare e invidiare le sue toilettes. Vuole che lui la porti in un luogo più divertente. »

A questo punto, monsieur Aristide gli rivolse un cenno e il cameriere si precipitò verso di lui, come galvanizzato.

Frattanto molta gente si era avviata verso la sala da pranzo, ma Hilary, che aveva fatto tardi la colazione, non sentiva ancora desiderio di mangiare. Ordinò un'altra bibita. Un giovane francese, dall'aspetto piacente, uscì dal bar e attraversò la terrazza, non senza aver lanciato verso Hilary uno sguardo di curiosità. Mentre scendeva verso la terrazza sottostante, canticchiava un pezzo d'opera:

> *Le long des lauriers roses*
> *revant des douces choses.*

Quei versi ronzarono un po' nella mente di Hilary. *Le long des lauriers roses.* Laurier. *Laurier?* Era il cognome di quel francese incontrato sul treno. C'era, forse, qualche legame o si trattava di una coincidenza? Aprì la borsetta e ne estrasse il biglietto da visita. *Henri Laurier, 3 Rue des Croissants, Casablanca*. Voltò il biglietto e le sembrò di scorgere dei leggeri segni di matita, come se ci fosse stato scritto qualcosa, e poi cancellato. Cercò di decifrare, ma riuscì soltanto a leggere *où sont*. Seguiva qualcosa che non si capiva, e infine le parole *d'antan*. Le balzò l'idea che si trattasse di un messaggio, poi scrollò la testa e ripose il biglietto nella borsa.

Sollevò gli occhi perché, in quel momento, qualcuno le faceva ombra e notò, sorpresa, che monsieur Aristide era fermo davanti al suo tavolo, ma non la guardava.

Apparentemente stava rimirando il profilo delle colline all'orizzonte. Lo sentì sospirare, poi lo vide voltarsi bruscamente ed entrare in sala da pranzo. Così facendo sfiorò, con la manica, un bicchiere sul suo tavolo. Il bicchiere cadde e si frantumò sul pavimento. Rapidissimo l'uomo si volse e si scusò molto correttamente.

« Oh! *Mille pardons*, madame. »

Hilary lo rassicurò sorridendo. Monsieur Aristide sollevò un dito e un cameriere si avvicinò velocemente. Dopo aver ordinato di portare alla signora un'altra bibita, ed essersi di nuovo profuso in scuse, Monsieur Aristide entrò nel ristorante.

Dalle scale tornò il francese, sempre canterellando. Rallentò, ostentatamente, mentre passava davanti a Hilary, ma vedendo che lei mostrava di non accorgersene, si strinse filosoficamente nelle spalle ed entrò nel ristorante. Anche una delle famiglie francesi stava rientrando, e chiamando ripetutamente i bambini che si attardavano. Si diressero tutti al ristorante. Hilary si sentì d'un tratto sola e spaventata.

Quando il cameriere le riportò la bibita gli chiese se il signor Aristide fosse solo.

« Oh, madame, nessuno ricco come monsieur Aristide viaggia *solo*. Ha con sé il cameriere, due segretari e l'autista. »

Hilary, tuttavia, quando entrò in sala da pranzo, notò che il vecchio, come la sera precedente, non aveva nessuno al tavolo. A un tavolo vicino però, sedevano due giovani, che erano, probabilmente, i suoi segretari, giacché davano l'impressione di essere costantemente pronti a ricevere un ordine e non perdevano mai di vista il vecchio, il quale, al contrario, sembrava ignorare la loro esistenza.

Il pomeriggio passò in una atmosfera quasi irreale. La pace e la bellezza del luogo erano divine. Acque mormoranti, innumerevoli fragranze olezzavano nell'aria, qua e là il baluginìo dorato degli aranci. Ma ciò che soprattutto affascinata Hilary era l'ambiente orientale, quel senso di riservatezza.

*Se potessi fermarmi*, pensò Hilary. *Se potessi stare qui per sempre!* Aveva trovato la pace che tanto desiderava, proprio quando si trovava impegnata in una pericolosa avventura.

Ma forse non ci sarebbe stata avventura, né pericolo. Forse non sarebbe accaduto nulla.

Continuò a vagare lungamente per i viali del giardino. Era già pomeriggio avanzato quando decise di rientrare in albergo.

Nella penombra della veranda, qualcosa di vivace e fluttuante si concretò, una volta abituati gli occhi alla oscurità, nella sagoma della signora Calvin Baker. Il suo aspetto era irreprensibile come sempre.

« Sono appena giunta con l'aereo » spiegò. « Non ce la farei proprio a viaggiare su questi treni. Il tempo che ci mettono! E la gente che c'è sopra! In questi paesi non hanno la minima idea di cosa sia l'igiene, mia cara. Dovrebbe vedere, nei *suk*, l'invasione di mosche sui cibi. Io sono una grande sostenitrice della lotta per la protezione del cibo. Da noi ogni cosa deteriorabile è avvolta in cellofan. Ora mi dica di lei: è stata in giro? Avrà visitato la città vecchia, immagino. »

« Sono spiacente di non aver fatto nulla del genere. Ho passeggiato, sotto il sole. »

« Ma è naturale. Che sciocca sono. Dimenticavo che è appena uscita dall'ospedale. Dopo una batosta simile dovrebbe, anzi, starsene gran parte del giorno sdraiata, al buio, nella sua camera. Potremmo, di quando in quando, fare qualche spedizione insieme, se vuole. Io sono una di quelle persone che non riescono a star ferme. Mi piace la giornata piena. »

Hilary si congratulò con la signora Baker per la sua energia.

« Devo ammettere che, per una donna della mia età, mi muovo abbastanza bene. Ricorda la signorina Hetherington? Quell'inglese con la faccia lunga. Arriva stasera. Lei ha preferito il treno all'aereo. Mi dica, chi c'è in albergo? La maggior parte francesi, suppongo, e coppie in luna di miele. Ora devo andare a interessarmi della mia stanza. Non mi piaceva quella che mi avevano assegnata e m'hanno promesso di cambiarla. »

La signora Baker sparì, come in un turbine.

Quella sera, entrando in sala da pranzo, Hilary scor-

se, come le era stato anticipato, la signorina Hetherington che stava cenando a un tavolo da sola, con un libro
inclinato davanti a lei, come su un leggìo. Le tre signore
si riunirono dopocena per prendere il caffè. La signorina Hetherington si interessò ai casi del magnate svedese e della sua bionda *star*, e la loro relazione illegit-
tima sembrò eccitarla oltre misura. Fu poi la volta della
famiglia francese, vicino alla finestra. Che genitori! Per-
mettevano ai bambini di restare alzati così tardi, e li
facevano mangiare tutto quello che mangiano i grandi,
mentre, si sa, i bambini, di sera, devono prendere semplicemente latte e biscotti.

« Sembrano pieni di salute, nonostante tutto » fece
rilevare Hilary, ridendo.

« La pagheranno in seguito » fu la sinistra predizione.
« Lasciarli bere perfino il vino! »

L'orrore non poteva essere più profondo.

La signora Baker si mise a far progetti per il giorno
seguente.

« Non credo che tornerò alla città vecchia » disse. « La
visitai bene l'ultima volta che ci andai. Molto interessante, un vero labirinto. Se non avessi avuto con me
la guida, credo che non avrei ritrovato la strada del-
l'albergo. Quella guida era anche molto simpatica. Mi
raccontò di un suo fratello che abita a Chicago. Poi mi
portò in una specie di *tea room*, in alto sulla collina,
da dove si vedeva tutta la città: una vista meravigliosa.
Dovetti anche comprare tanti gingilli, qualcuno carino,
ma il resto ciarpame. Trovo che bisogna tener duro con
quella gente. »

« Davvero! » confermò la signorina Hetherington.
« Con tutte le restrizioni, come si fa a sciupare il denaro
nei *souvenirs?* »

# VII

A Hilary non andava a genio l'idea di visitare la città
vecchia in compagnia della signorina Hetherington. Per
fortuna quest'ultima fu invitata dalla signora Baker ad

una gita in macchina e, giacché pareva certo che costei se ne sarebbe addossata la spesa, la signorina Hetherington accettò con entusiasmo. Hilary si fece accompagnare da una guida procuratagli dalla direzione dell'albergo.

Fu come entrare in un altro mondo. Tutto attorno a lei si stendevano le mura della vecchia Fez. Dentro, straducce tortuose, alti muri, scorci di cortili cintati intravisti attraverso una porta aperta; un viavai di uomini carichi di fardelli, di ragazzi, di donne velate o no; tutta la vita laboriosa e segreta di questa città moresca. Vagando attraverso quel dedalo, Hilary dimenticò tutto, la missione, la tragedia della sua vita, perfino se stessa, tutta presa com'era da quel mondo fiabesco. L'unica seccatura era quella guida chiacchierona, che non smetteva un minuto di parlare, e cercava continuamente di indurla a comperare gli oggetti più strani.

« Guardi, signora. Quest'uomo ha tante cose carine, e il prezzo è molto basso: roba antica, moresco autentico. Seterie, abiti, perle. Le piacciono le perle? »

L'incessante commercio dell'Oriente che vende all'Occidente seguitava, ma l'incanto, nel quale Hilary era immersa, non ne restava turbato. Fra quelle antiche mura, presto perdette ogni nozione di tempo e di luogo, e non avrebbe saputo dire se stesse camminando verso nord o verso sud, o se non stesse, per caso, ricalcando i suoi passi, le strade per le quali era passata pochi minuti prima. Era quasi esausta, quando la guida le propose di portarla in un posto grazioso dove degli amici suoi le avrebbero servito un tè di menta e mostrato tante belle cose. Il suggerimento faceva chiaramente parte del programma.

Hilary riconobbe subito il trucco, perché la signora Baker l'aveva messa in guardia, tuttavia volle seguire la guida. Domani, si diceva, sarebbe venuta da sola, nella vecchia città, e avrebbe vagato per le strade, senza quel noioso chiacchierone alle spalle. Dopo essersi arrampicati su per un sentiero tutto svolte, giunsero ad una casa in stile indigeno, circondata da un giardino.

In un'ampia stanza con una magnifica vista sulla città, le fu servito il famoso tè di menta. Per Hilary, che prendeva il tè senza zucchero, inghiottire quell'intruglio fu una specie di penitenza. Dovette pure acconciarsi, di buon grado, a rimirare tappeti, perle, tessuti, ricami e altra paccottiglia. Fece anche qualche piccolo acquisto, più per cortesia che per altro. Alla fine la guida le disse:

« Ho una macchina pronta e la porterò, ora, a fare una passeggiata molto bella. Breve, non più di un'ora. Vedrà uno scenario molto bello e un paese, poi tornerà in albergo. » E dopo una pausa, con molto tatto, soggiunse: « Questa ragazza la accompagnerà prima in toilette ».

La ragazza che aveva servito il tè, attendeva in piedi, sorridente, e disse in un inglese corretto:

« Sì, se madame vuole seguirmi, noi abbiamo stanzini da toilette molto belli. Come quelli dell'*Hôtel Ritz*. Come a New York o a Chicago. Vedrà. »

Hilary, compiacente, la seguì. La toilette era ben lontana da quella decantata meraviglia, ma, per lo meno, aveva un impianto d'acqua corrente. C'era un lavabo con sopra un piccolo specchio, tutto pieno di fenditure, che rimandava un'immagine mostruosamente deformata. Dopo essersi lavata e asciugata le mani, si girò per uscire, ma la porta le resistette. Tentò la maniglia a più riprese, senza alcun risultato. Hilary immaginò che qualcuno l'avesse chiusa dall'esterno. Cominciava a essere furiosa. Che idea era stata quella di rinchiuderla lì dentro? Fu allora che notò, nella parte opposta dello stanzino, una porta d'angolo. Vi si diresse, girò la maniglia, che questa volte cedette, e varcò la soglia.

Si trovò in una cameretta arredata in stile orientale, dove la luce entrava da fenditure longitudinali, situate molto in alto nelle pareti. Seduto su un divano basso, c'era il francese che aveva viaggiato sul treno con lei: il signor Henry Laurier.

L'uomo, senza neppure alzarsi, disse: « Buon giorno, signora Betterton ». E il suo tono era sensibilmente mutato.

Per un istante Hilary rimase immobile, senza parola.

Lo stupore le impediva di connettere; poi si riprese. *Ci siamo dunque*, pensò. *Questo è il momento che hai tanto atteso. Ora comportati come lei si sarebbe comportata.* Fece qualche passo avanti e chiese:

« Ha notizie per me? È in grado di aiutarmi? »

Lui annuì e aggiunse, in tono di rimprovero:

« Sul treno la trovai un po' ottusa, madame. Forse voi inglesi siete troppo abituati a parlare del tempo. »

« Del tempo? »

Cosa aveva detto lui, sul treno, del tempo? Freddo? Nebbia? Neve?

*Neve*? Era la parola che Olive aveva mormorato mentre stava morendo. Era un verso che faceva... come faceva, dunque...?

*Lenta la neve cade e si dissolve.*

Titubante Hilary lo ripeté.

« Esatto. Perché dunque non rispose subito così come le era stato ordinato? »

« Ma non capisce? Sono stata malata. Sono stata all'ospedale, dopo aver subito un forte trauma. La mia memoria ne è rimasta gravemente scossa. Ricordo abbastanza bene le cose remote, ma ci sono dei terribili vuoti. Lei non può immaginare quanto sia pauroso. Ho l'impressione che mi sfuggano cose molto importanti, ma, vede, più cerco di sforzarmi, più la confusione aumenta. »

« Sì » disse Laurier « quel disastro è stata una iattura. » Il suo tono era freddo e formale. « Si tratta, ora, di stabilire se ha abbastanza coraggio e resistenza per proseguire nel suo viaggio. »

« Certo continuerò il mio viaggio » gridò Hilary. « Mio marito... »

Lui sorrise, ma si sarebbe detto, più che altro, un ghigno.

« Sì, suo marito, lo so, la aspetta con ansia. »

« Lei non può immaginare cosa siano stati questi mesi per me, dopo che lui se ne andò. »

« Crede che le autorità inglesi siano giunte a una definitiva conclusione circa quello che lei sa o no? »

Hilary aprì le braccia in un gesto espressivo.

« Come posso dirlo? *Sembravano* convinti. »

« Tuttavia... »

« Credo possibile » disse Hilary lentamente « che qualcuno mi abbia seguita dall'Inghilterra. Non potrei indicare nessuna persona in particolare, ma ho sempre avuto la sensazione di essere sorvegliata. »

« È facile » disse Laurier freddamente. « Non mi sorprende. »

« Ho creduto mio dovere avvertirla. »

« Cara signora Betterton, non siamo dei bambini. Sappiamo quello che facciamo. »

« Mi scusi, temo di essere ignorante a questo proposito. »

« Non importa che sia ignorante, purché sia obbediente. »

« Lo sarò » promise Hilary.

« Era strettamente sorvegliata in Inghilterra, su questo non ho dubbi. Nonostante ciò il messaggio le pervenne, non è così? »

« Sì. »

« Ora, ecco le nuove istruzioni. » Laurier aveva assunto un tono pratico, di circostanza. « Dopodomani partirà per Marrakech. Questo si accorda col suo itinerario. »

« Infatti. »

« Il giorno seguente al suo arrivo, riceverà un telegramma dall'Inghilterra. Non so cosa dirà, ma sarà sufficiente perché lei inizi le pratiche per tornare a casa. »

« *Devo tornare in Inghilterra?* »

« Non mi interrompa, per favore, non ho finito. Fisserà un posto sull'aereo che parte da Casablanca il giorno dopo. »

« Supponiamo che tutti i posti siano occupati. »

« Non sarà così. È tutto predisposto. Ora, ha capito bene ogni cosa? »

« Ho capito. »

« Perfetto. Ritorni allora dove ha lasciato la sua guida. A proposito, ha fatto conoscenza con una americana e una inglese che alloggiano al *Palais Djamai?* »

« Non era facile evitarlo. Ho fatto forse male? »

« Tutt'altro! Si addice meravigliosamente ai nostri

piani. Ancor meglio se potrà persuadere l'una o l'altra ad accompagnarla a Marrakech. Buongiorno, madame.»

« *Au revoir*, monsieur. »

Hilary tornò sui suoi passi e questa volta trovò la porta della toilette aperta.

« Una bella macchina la attende » disse la guida. « Ora la porterà a fare un piacevole giro istruttivo. »

L'escursione proseguì secondo il piano prestabilito.

« Così parte domani per Marrakech » fece la signorina Hetherington. « Non si è fermata molto a Fez. Non le sarebbe convenuto andare a Marrakech prima, poi passare da Fez sulla via del ritorno a Casablanca? »

« Forse sì » disse Hilary « ma, dato l'affollamento, non era facile per le prenotazioni. »

« Gli inglesi sono in numero esiguo » osservò sconsolatamente la signorina Hetherington. « Sono quasi tutti francesi. »

Hilary sorrise fra sé. Il fatto che il Marocco fosse una colonia francese non sembrava contare molto per la signorina Hetherington.

« Francesi, tedeschi, armeni e greci » aggiunse la signora Baker con una risatina gorgogliante. « Quel vecchietto incartapecorito è greco, credo. »

« Così m'è stato detto » confermò Hilary.

« Si direbbe un personaggio importante » notò la signora Baker « da come i camerieri gli fanno la ruota intorno. »

« Invece a noi inglesi non prestano più attenzione oggigiorno » costatò amaramente la signorina Hetherington. « Ci danno sempre le camere peggiori. »

« A dire il vero, non posso proprio lamentarmi delle sistemazioni, qui in Marocco. Sono sempre riuscita ad avere belle camere con bagno. »

« Lei è americana » ribatté l'altra, velenosa.

« Mi piacerebbe persuadervi a venire con me a Marrakech » disse Hilary. « È stato così simpatico l'avervi incontrate. »

« Sono *già stata* a Marrakech » dichiarò l'inglese seccamente.

La signora Baker invece sembrò prendere in considerazione l'idea.

« Perché no? » fece. « Ci manco da più di un mese e non mi dispiacerebbe ritornarci. Potrei farle da guida e impedire che la raggirino. Bisogna esserci stati, nei posti, per imparare a non farsi mettere nel sacco. Vado subito all'agenzia a vedere cosa posso combinare. »

Quando se ne fu andata, la signorina Hetherington notò, acida:

« È proprio tipico delle americane correre da un posto all'altro senza fermarsi da nessuna parte. Un giorno in Egitto, il giorno seguente in Palestina. Scommetto che qualche volta non sanno neppure in che paese si trovano. »

E con questa illazione chiuse il discorso, raccolse il suo lavoro a maglia e se ne andò, dopo aver fatto un breve cenno di saluto.

Hilary guardò l'ora. Non aveva voglia di cambiarsi per la cena, come faceva di solito. Un cameriere entrò e accese due lampade che però mandavano una luce fioca. Era riposante rimanere seduta su quel basso divano pensando al futuro.

Solo ieri aveva finito di chiedersi se tutta la faccenda nella quale s'era imbarcata non fosse, per caso, una cosa assurda che si sarebbe, prima o poi, risolta in una buffonata. E ora, invece, ecco che il suo vero viaggio stava per incominciare.

*Devo stare attenta a non commettere errori*, diceva a se stessa.

Che cosa strana trovarsi lì, sola, in Marocco. Era come fosse approdata ad un paese misterioso e incantato. Quella lampada velata al suo fianco non era, forse, la magica lampada di Aladino? Se l'avesse presa fra le mani non le sarebbe apparso, per caso, lo spiritello pronto ad esaudire i suoi desideri? Quasi materializzata dal suo pensiero emerse dalla penombra una figura. Riconobbe il viso grinzoso e la barbetta puntuta di monsieur Aristide che s'inchinò educatamente e le chiese:

« Permette, madame? ». Quindi si sedette al suo fianco.

Le offrì una sigaretta, che lei accettò, e si mise anche lui a fumare.

« Le piace questo paese, madame? » le chiese dopo qualche minuto.

« Sono qui da poco tempo, ma per quello che ho visto, lo trovo incantevole. »

« È stata alla città vecchia? Le è piaciuta? »

« È meravigliosa. »

« Sì, meravigliosa. C'è tutto il passato, tutta la passione e il mistero di una città recinta di mura. Sa cosa penso, madame, quando cammino lungo le strade di Fez? »

« No. »

« Penso alla sua grande Londra, agli enormi edifici che ne costeggiano le ampie strade, alle fabbriche, agli stabilimenti illuminati al neon, alla gente che c'è dentro, e che si può vedere passando per la strada. Non c'è nulla di misterioso là, nulla di nascosto, neppure le tendine alle finestre. »

« Vuole dire che è il contrasto che la interessa? » chiese Hilary.

« Forse. Da voi tutto è all'aperto e nelle vecchie strade di Fez tutto è segreto e tenebroso, *ma*... » si chinò in avanti tamburellando sul tavolinetto « ma tutto procede allo stesso modo. Crudeltà, oppressione, sete di potere. Ovunque speculazione e contrasto. »

« Lei pensa che la natura umana è la stessa dappertutto? »

« In ogni paese, nel passato come nel presente, ci sono sempre due sentimenti che dominano. Crudeltà e benevolenza. L'uno o l'altro. Qualche volta entrambi. » Poi, cambiando discorso, d'improvviso: « Mi è stato detto che ha avuto un grave sinistro a Casablanca ».

« È vero. »

« La invidio. »

Hilary lo guardò stupita.

« Non scherzo » replicò il vecchio « lei è degna di invidia, mi creda. Ha vissuto un'esperienza molto interessante. Sfiorare la morte, e tuttavia sopravvivere! Non si sente diversa, dopo quella prova, madame? »

« In senso negativo. La commozione cerebrale mi ha lasciato delle terribii emicranie e dei vuoti di memoria spaventosi. »

« Si tratta di semplici inconvenienti. Quello che conta è l'avventura attraverso la quale è passato il suo spirito. Io ho avuto tante cose, al mondo, ma mai una esperienza simile » concluse monsieur Aristide con accento di rammarico.

Si alzò e, con un profondo inchino, si congedò. « I miei omaggi, madame. »


## VIII

Com'erano tutti uguali quegli aeroporti, pensava Hilary. Tutti stranamente anonimi, tutti situati pressappoco alla stessa distanza dalla città che servono. Potete volare da Londra a Madrid, a Roma, a Istanbul, al Cairo e, se il viaggio è tutto per via d'aria, non avrete la minima idea di quale aspetto abbiano tutte queste città. Vedendole dall'alto avrete tutt'al più l'impressione di un plastico o di una costruzione come quelle che fanno i bambini col meccano.

Aspettavano già da mezz'ora nella sala d'aspetto. La signora Baker, che aveva deciso di accompagnare Hilary a Marrakech, non aveva smesso un attimo di parlare. La sua compagna rispondeva quasi meccanicamente; ma ora l'attenzione della signora Baker s'era rivolta ai due viaggiatori che le sedevano a lato. Erano due giovani, entrambi alti e biondi. Uno americano, con un largo sogghigno amichevole, l'altro, danese o norvegese, dall'aspetto solenne. Quest'ultimo parlava in inglese lentamente e in modo pedante. L'americano era visibilmente soddisfatto di aver incontrato una sua compatriota. La signora Baker si voltò verso Hilary.

« Signor...? Vorrei farle conoscere la signora Betterton. »

« Andrew Peter. Andy per gli amici. »

L'altro giovanotto si alzò, fece un inchino e si presentò: « Torquil Ericsson ».

« Ora ci conosciamo » disse la signora Baker, felice. « Andiamo tutti a Marrakech? La mia amica è la prima volta che ci va. »

« Io pure » esclamò Ericsson.

« Lo stesso dicasi per me » soggiunse Peters.

Improvvisamente una voce rauca, dall'altoparlante, annunciò qualcosa di incomprensibile ma che doveva essere l'invito a salire nell'aereo. I passeggeri erano sei in tutto. Loro quattro, un francese alto e magro, e una suora dal volto severo.

Era una giornata di sole, limpida, e le condizioni di volo erano ottime. Appoggiata alla spalliera del suo sedile, con gli occhi socchiusi, Hilary osservava i compagni di viaggio per distrarre la mente dagli ansiosi interrogativi che l'assillavano.

La signora Baker aveva preso posto davanti a lei, ma dall'altra parte della corsia. Portava un cappellino con delle piume, e stava sfogliando una rivista. A tratti si protendeva e batteva sulla spalla dell'americano, che era seduto nel sedile anteriore. Costui si voltava, con il largo sorriso che gli illuminava il volto, e rimbeccava energicamente l'interlocutrice. Di fianco a Hilary, separato dalla corsia, stava lo svedese Ericsson. Come Hilary ne intercettò lo sguardo, questi fece un rigido cenno di inchino e si sporse per offrirle una rivista. Lei ringraziò e la prese. Seduto dietro a Ericsson, c'era il francese che aveva steso le gambe e sembrava addormentato.

La monaca era seduta alle spalle di Hilary; immobile, le mani intrecciate, gli occhi inespressivi. Sembrava un anacronismo, quella donna in tradizionale costume medievale, che viaggiava in aereo, in pieno secolo ventesimo.

Sei persone, pensava Hilary, che il caso aveva unito per poche ore, dirette in luoghi diversi, per diversi motivi, e che, alla fine del viaggio, si sarebbero sparpagliate per non incontrarsi, probabilmente, mai più. Il francese, secondo lei, doveva essere in vacanza. Sembrava molto stanco. L'americano aveva piuttosto l'aria d'uno studente. Ericsson si recava, forse, ad assumere qualche lavoro. La monaca era senza dubbio diretta al suo convento.

Hilary chiuse gli occhi e dimenticò i compagni di viaggio. Ricominciò a rimuginare, come aveva fatto la notte precedente, le istruzioni che le erano state impartite. Dover tornare in Inghilterra le sembrava una pazzia. Forse non l'avevano trovata abbastanza efficiente, forse non si fidavano di lei, o aveva mancato di fornire dati e credenziali che la vera Olive sarebbe stata in grado di esibire. Si agitava sospirando. *Ebbene*, conclude alla fine, *più di quello che ho fatto non potevo fare. Se ho fallito, ho fallito. Ho cercato di fare del mio meglio.*

Poi un altro pensiero si fece luce nella mente. Henri Laurier aveva considerato come inevitabile la supposizione che in Marocco qualcuno avesse l'incarico di sorvegliarla. Forse l'improvviso ritorno della signora Betterton in Inghilterra non era altro che un espediente per fuorviare i sospetti di coloro che la credevano venuta in Marocco per sparire, poi, come suo marito. L'avrebbero fatta ripartire per l'Inghilterra con l'avio-linea francese, via Parigi. E forse a Parigi...

Sì, certo, a Parigi. Era là che Tom Betterton era scomparso. Sarebbe stato molto più facile, là, inscenare una sparizione. Forse Tom Betterton non aveva mai lasciato Parigi. Forse... Stanca di tante inutili supposizioni, Hilary, alla fine, s'addormentò. Si svegliò, dormicchiò ancora, sfogliò, senza interesse, la rivista che teneva fra le mani, si riappisolò. Risvegliandosi di colpo, si accorse che l'apparecchio stava rapidamente perdendo quota e scendeva, in larghi giri, come se si disponesse ad atterrare. Guardò l'orologio, ma mancava ancora diverso tempo all'ora di arrivo. Inoltre, dal finestrino, non si scorgeva alcuna traccia di aerodromo.

Ebbe un attimo di apprensione.

Il francese si svegliò, sbadigliò, si stirò le braccia e, sbirciando fuori, disse qualcosa nella sua lingua che non fu possibile afferrare. Ma Ericsson, protendendosi verso di lei, esclamò:

« Stiamo scendendo, pare. Perché mai? »

La signora Baker, sporgendosi dal suo sedile, girò la testa verso Hilary e annuì con brio quando questa le annunciò:

« Sembra che si stia atterrando. »

L'aereo, scendendo a spirale, si avvicinava al suolo. Il paese, sotto di loro, sembrava praticamente deserto. Nessun segno di case o villaggi. Le ruote del carrello toccarono terra con un deciso scossone e l'apparecchio procedette per un poco a sbalzi, finché si fermò. Fu un atterraggio un po' brusco, effettuato in una landa sconosciuta.

Forse qualcosa non andava nel motore, o erano rimasti senza carburante. Il pilota, un bel ragazzo dalla carnagione scura, uscendo dalla cabina apostrofò i passeggeri:

« Volete scendere tutti, per favore? »

Aprì il portello della fusoliera, calò la scaletta, e si pose a lato dell'uscita in attesa che tutti i viaggiatori scendessero. Si raccolsero in gruppo, rabbrividendo un poco. L'aria era fredda. Dalle montagne, in distanza, soffiava un vento tagliente. Le montagne erano singolarmente suggestive, tutte coperte di neve. L'aria era frizzante. Per ultimo scese il pilota che si rivolse loro in francese:

« Ci siete tutti? Sì? Vi prego di pazientare, dovreste aspettare forse qualche minuto. Ah, no, vedo che sta arrivando. »

Accennò verso un punto mobile, all'orizzonte, che veniva man mano avvicinandosi. Hilary chiese, con un leggero turbamento nella voce:

« Ma perché siamo atterrati qui? Cosa c'è che non va? Quanto tempo dovremo fermarci? »

Il passeggero francese annunciò: « Sento il rumore di un automezzo che si avvicina, forse andremo via con quello ».

« C'è stato un guasto ai motori? » domandò ancora Hilary.

Andy Peters sorrideva **giu**livo.

« Non direi » fece. « Il rumore dei motori mi sembrava del tutto regolare. In ogni caso, se si tratta di qualcosa del genere, potranno senza dubbio riparare l'apparecchio. »

La signora Baker brontolò:

« Ma a star qui fa freddo. Non si direbbe, eppure appena cala il sole... »

Il pilota mormorò, fra i denti, qualcosa come: « Maledizione a questi ritardi!».

L'automezzo si avvicinava a velocità folle. Si trattava di un furgone. L'autista, berbero, lo bloccò con uno stridìo di freni. Balzò giù e ingaggiò subito una stizzosa conversazione col pilota. Con grande sorpresa di Hilary, la signora Baker intervenne nella disputa, apostrofandoli in francese.

« Non perdete tempo » ordinò in tono perentorio « discutere non serve a nulla, e noi vogliamo andarcene di qui. »

L'autista scrollò le spalle e, tornando verso il furgone, ne sganciò il portello posteriore. Con l'aiuto del pilota, di Ericsson e di Peters tirarono fuori una enorme cassa da imballaggio che depositarono a terra. A giudicare dallo sforzo che fecero, doveva essere molto pesante. Come l'uomo fece l'atto di sollevare il coperchio, la signora Baker si rivolse ad Hilary:

« Se fossi in lei non guarderei, mia cara. Non è mai una vista piacevole. »

E così dicendo trascinò l'amica in disparte. Il francese e Peters le raggiunsero.

Il primo chiese: « Cos'è questa manovra? ».

La signora Baker, volgendosi a lui, disse:

« Lei è il dottor Barron? »

« Sì. »

« Lieta di conoscerla. » Gli porse la mano, quasi come una padrona di casa che riceve un ospite ad una festa.

Hilary appariva sconcertata. Esclamò:

« Ma io non capisco. Cosa c'è in quella cassa? E perché è meglio non guardare? »

Andy Peters le lanciò un'occhiata dicendo:

« Io lo so cosa c'è, me l'ha detto il pilota. » Poi soggiunse placidamente: « Ci sono delle salme ».

« Delle salme! » Hilary lo guardava meravigliata.

« Oh, non si tratta di assassinio o roba del genere. »
Le sorrideva in modo rassicurante. « È tutto perfettamente legittimo. Le hanno concesse a scopo di studio,
per ricerche mediche, capisce? »

« Niente affatto. » Hilary appariva sempre più stupita.

« Vede, signora Betterton, qui il viaggio finisce. »

« Finisce? »

« Sì. Caricheranno i cadaveri sull'apparecchio e di-
sporranno le cose in modo che, mentre noi partiremo
di qui, potremo scorgere in distanza le fiamme. Un altro apparecchio che si è incendiato in volo ed è precipitato. Nessun superstite. »

« Ma questo è fantastico! »

« Certo. » Era il dottor Barron che le parlava, ora.
« Lei sa, senza dubbio, dove stiamo andando? »

« Certo che lo sa » intervenne la signora Baker. « Forse non si aspettava accadesse tanto presto. »

Hilary si guardò attorno e disse, sbalordita: « Volete
dire che noi tutti... ».

« Siamo compagni di viaggio » soggiunse Peters gentilmente.

Ericsson con una specie di entusiasmo fanatico ribadì: « Sì, siamo tutti compagni di viaggio ».


# IX

Il pilota si avvicinò al gruppo.

« Su, muoviamoci ora » disse. « C'è molto da fare e
siamo in ritardo sul previsto. »

Hilary si portò nervosamente le mani alla gola. La
collana di perle che portava si ruppe sotto lo sforzo
delle dita. Raccolse le perle cadute e le cacciò in tasca.

Montarono tutti sull'automezzo. Hilary sedette su
una panca con Peters da un lato e la signora Baker
dall'altro. Si rivolse a quest'ultima.

« Così, lei è... è ciò che si potrebbe chiamare l'ufficiale di *collegamento*, signora Baker. »

« La definizione è esatta. E, sebbene non spetti a
me dirlo, sono ben qualificata. Nessuno si sorprende di

trovare un'americana che viaggia avanti e indietro.»

Era sempre sorridente, ma Hilary credette di notare una differenza nei suoi modi. Quella superficiale e convenzionale fatuità era sparita. Colei che le stava ora dinanzi era una donna del tutto efficiente e, probabilmente, spietata.

« I titoli in prima pagina faranno sensazione » proseguì la signora Baker, ridendo divertita. « Si dirà che lei era veramente perseguitata dalla sfortuna, mia cara. Prima, scampata per miracolo al disastro di Casablanca, poi uccisa in un'altra catastrofe.»

Hilary dovette riconoscere che il piano era stato concertato con diabolica intelligenza.

« E gli altri? » chiese. « Sono coloro che dicono di essere? »

« Sicuro. Il dottor Barron è un batteriologo, credo. Il signor Ericsson è un giovane fisico, molto promettente; Peters è un chimico; la signorina Needheim, naturalmente, non è una monaca. È specializzata in endocrinologia. Io, come ho detto, sono soltanto l'agente incaricato di stabilire i contatti. Non appartengo al gruppo scientifico.» Rise di nuovo e soggiunse: « Quella Hetherington non ne ha mai imbroccata una ».

« Anche lei era... »

La signora Baker annuì enfaticamente.

« Se vuole conoscere il mio parere, quella vi pedinava da quando lasciaste Casablanca.»

« Tuttavia, oggi non è voluta venire con noi, nonostante l'avessi pregata.»

« Avrebbe dato troppo nell'occhio tornare a Marrakech dopo esserci già stata. Probabilmente avrà mandato un telegramma o un messaggio telefonico e, al suo arrivo, ci sarebbe stato qualcuno pronto a seguirla. Al suo arrivo! È ridicolo, non le pare? Guardi, guardi laggiù! »

Il furgone correva rapidamente attraverso quella zona desertica, e Hilary, allungando il collo per guardare dal finestrino, vide una grande vampata in distanza, poi il rumore attutito di un'esplosione. Peters rise rovesciando la testa all'indietro e declamò:

« Sette persone periscono nell'incendio di un aereo diretto a Marrakech! »

Hilary sussurrò: « È piuttosto impressionante ».

« Cosa? Inoltrarsi nell'ignoto? » Era stato Peters a parlare. Sembrava serio ora. « Già, ma è l'unico modo. Il *passato* è alle nostre spalle e stiamo entrando nel *futuro*. » Parlava col viso acceso d'entusiasmo. « Dobbiamo liberarci di tutto ciò che è mediocre, del vecchiume. Governi corrotti, guerrafondai. Entreremo nel nuovo mondo, il mondo della scienza, ripulito dalla feccia e dai relitti. »

Hilary sospirò profondamente.

« Sono i discorsi che faceva anche mio marito » disse deliberatamente.

« Suo marito? » Peters le lanciò un rapido sguardo. « Era, forse, Tom Betterton? »

Hilary assentì col capo.

« Magnifico! Non ebbi occasione di conoscerlo, negli Stati Uniti. La Fissione ZE è una delle più brillanti scoperte della nostra epoca. Mi tolgo tanto di cappello. Lavorava col vecchio Mannheim, vero? »

« Sì » rispose Hilary.

« Mi dissero che aveva sposato la figlia di Mannheim. Ma lei *non è*... »

« Sono la sua seconda moglie. Elsa morì in America. »

« Già, ricordo. Perciò andò a lavorare in Inghilterra. Sparì dopo una conferenza a Parigi, mi pare. Perbacco, bisogna riconoscere che sanno organizzare bene queste cose! »

Hilary ne convenne. Effettivamente la maestria dell'organizzazione l'impensieriva. Tutti i piani, i cifrari, le segnalazioni, elaborati con tanta cura, correvano il rischio di essere inutili. Le cose erano state combinate in modo tale da non lasciar traccia. Nulla, all'infuori di un aereo bruciato e di sei cadaveri carbonizzati. Era possibile che Jessop e i suoi collaboratori riuscissero ad immaginare che lei non era fra quelle salme?

Hilary avrebbe voluto sapere almeno dove erano diretti. Presto o tardi sarebbero dovuti entrare in contatto con l'umanità. Un furgone con sei persone a bordo, che rassomigliavano, per descrizione, a quelle che viaggiavano sull'apparecchio, avrebbe potuto essere notato, e se qualcuno faceva indagini...

Si volse alla signora Baker e le chiese, simulando l'entusiasmo del giovane americano:

« E ora dove stiamo andando? Cos'altro succederà? »

« Lo vedrà da sé » rispose la signora Baker. Il tono apparentemente cortese delle parole pareva nascondere un cattivo presagio.

Scese la notte. La macchina proseguiva la sua corsa, traballando sul terreno. Evidentemente non si trattava di una strada maestra. Qualche volta si sarebbe detto, perfino, che stava correndo attraverso i campi.

Per lungo tempo Hilary rimase sveglia. Mille pensieri le turbinavano in testa. Alla fine, sballottata ed esausta, fu vinta dalla stanchezza, e si addormentò.

Fu svegliata, di colpo, da una brusca fermata.

Peters le disse gentilmente: « Su, si alzi. Pare che siamo arrivati in qualche posto ».

Scesero tutti dal furgone, stanchi e intorpiditi. Era ancora buio. Si trovarono davanti ad una casa indigena, circondata da palme. Qualche luce ammiccante, in distanza, faceva pensare a un villaggio. Dentro la casa c'erano due donne berbere che, vedendoli, si abbandonarono a piccoli scoppi di risa soffocate. La loro curiosità si fissò, soprattutto, su Hilary e la signora Baker. Alla suora non fecero alcun caso.

Le tre donne furono condotte al piano superiore, in uno stanzino dove c'erano tre materassi, sul pavimento, e delle coperte ammucchiate. Nessun mobile.

« Mi sento tutta rigida » disse la signora Baker « piena di crampi dovendo viaggiare a quel modo. »

« Il disagio non conta. » Era la suora che aveva parlato con voce aspra e gutturale. Il suo inglese era buono e scorrevole, ma non così l'accento.

« Lei vive veramente la sua parte, signorina Needheim » osservò l'americana. « Mi sembra, quasi, di vederla inginocchiata sulle dure pietre di un convento, alle quattro del mattino. »

La signorina Needheim sorrise con disprezzo.

« Il cristianesimo ha mutato le donne in sciocche » dichiarò. « Le donne pagane, quelle sì, erano forti. Amavano il piacere e la conquista, e per la conquista erano pronte a sopportare qualunque disagio. »

« Io, ad ogni modo » replicò la signora Baker « preferirei essere nel mio letto al *Palais Djamai*. E lei che ne dice, signora Betterton? Suppongo che tutto quello sballottamento non le abbia giovato. »

« Infatti. »

Si udirono delle voci su per le scale, poi le due donne berbere entrarono nella stanza. Portavano un vassoio con sopra un gran piatto di semolino e carne in umido. Lo deposero sul pavimento, poi uscirono per tornare poco dopo con una bacinella piena d'acqua e un asciugamano. Passando vicino a Hilary e alla signora Baker, una delle due palpò le stoffe dei loro soprabiti e parlò nell'orecchio dell'altra, che assentì rapidamente col capo. Continuarono, invece, a ignorare la suora.

La signora Baker le cacciò via con un verso, come si usa fare coi pulcini, e quelle se ne andarono ridacchiando. « Che sciocche creature » borbottò. « Scommetto che per loro, nella vita, tutto ciò che conta sono bambini e vestiti. »

« Sono fatte per quello » replicò la signorina Needheim. « Appartengono a una razza schiava, utile soltanto per servire i superiori. »

« Non è un po' troppo severa? » chiese Hilary, irritata dall'atteggiamento della donna.

« Non mi va il sentimentalismo. Per me esistono solo due categorie: gli eletti, che guidano e comandano, e la massa che li serve. »

La signora Baker intervenne in maniera autoritaria.

« Ognuno di noi ha le proprie idee in merito, immagino, e anche molto interessanti. Ma non è questo il momento per discuterle. Dobbiamo approfittare del tempo a disposizione per riposarci. »

Portarono un tè di menta e Hilary si lasciò indurre a inghiottire qualche compressa di aspirina, giacché la sua emicrania era autentica, questa volta. Poi si coricarono.

Dormirono fino a tardi. La signora Baker le aveva informate che non avrebbero ripreso il viaggio se non verso la sera seguente. Dalla loro stanza una scala, girando all'esterno, saliva fino a un tetto piatto, dal quale si poteva vedere buona parte del paesaggio. Non troppo distante si scorgeva un villaggio, ma la casa dove si trovavano era isolata in mezzo a un giardino di palme.

« Saremo delle indigene, durante la prossima tappa » spiegò la signora Baker, mostrando alle due compagne delle vesti con le quali avrebbero dovuto sostituire le proprie.

Poco dopo, difatti, camuffate come tre indigene marocchine, le donne conversavano sul tetto della casa. Tutta la faccenda assumeva un carattere sempre più fantastico.

Hilary osservava la signorina Needheim. Ora che aveva abbandonato il travestimento da monaca, appariva come una giovane donna di forse trentatré o trentaquattro anni. C'era una certa ricercatezza nel suo aspetto. Pallida di carnagione, con mani tozze dalle dita corte, e occhi freddi, nei quali a volte si poteva cogliere un lampo di fanatismo. In complesso un essere più repulsivo che attraente. Da parte sua, la giovane tedesca mostrava verso Hilary e la signora Baker una specie di disprezzo, come se non le considerasse degne di accomunarsi con lei. Hilary trovava questa arroganza molto irritante; la signora Baker, invece, pareva non accorgersene. In definitiva Hilary si sentiva più vicina a quelle due berbere scioccherelle che non alle compagne occidentali. La tedesca, evidentemente, non si curava di quello che le altre pensavano di lei. Sembrava tutta protesa verso la meta del viaggio.

L'attitudine della signora Baker era più complessa da giudicare. Paragonata all'austera specialista endocrinologa, si sarebbe reputata una persona del tutto normale, ma dopo un po' Hilary si accorse che, in fondo, provava più avversione per lei che non per Helga Needheim. La signora Baker agiva come un automa, i suoi modi erano perfetti, i commenti, le osservazioni, del tutto appropriati, naturali, ma alla fine si aveva l'impressione di trovarsi davanti a un'attrice che recitava, forse per la millesima volta, una parte. Un vero robot. Chi era dunque questa Calvin Baker, si chiedeva Hilary. Anche lei una fanatica? Sognava, anche lei, un mondo nuovo? Era, anche costei, in rivolta contro il sistema capitalista? Erano state le sue idee politiche a farle abbandonare la vita normale? Impossibile a dire.

Ripresero il viaggio quella sera, non più col furgone, ma con un torpedone. Uomini e donne, tutti in costume indigeno. Le donne avevano il viso velato. Viaggiarono tutta la notte.

« Come si sente, signora Betterton? »

Hilary rispose ad Andy Peters con un sorriso. Il sole si era appena alzato quando si fermarono per rifocillarsi. Pane indigeno, uova e tè fatto sopra un fornello a petrolio.

« Ho l'impressione di agire in sogno » confessò Hilary a Peters.

« Già, qualcosa di simile. »

« Dove siamo? »

« Chi lo sa? Sicuramente la signora Baker, ma nessun altro, immagino. »

« Che regione solitaria! »

« Praticamente deserta. Ma doveva essere così, non le pare? »

« Vuole dire che era necessario per non lasciare tracce? »

« Certo. È chiaro che tutta questa manovra deve aver richiesto uno studio molto accurato. Ogni tappa del nostro viaggio è come se fosse del tutto indipendente dalle altre. Un aereo s'incendia. Un vecchio furgone viaggia attraverso la notte. Se qualcuno lo nota, c'è sopra una targa recante il nome di una spedizione archeologica che sta scavando da queste parti. Il giorno dopo, qualche indigeno vede passare un torpedone carico di berberi. Una cosa comunissima oggigiorno. La prossima tappa? Chi può sapere! »

Hilary chiese ancora: « Ma dove stiamo andando? ».

« Non serve chiederlo. Lo scopriremo » ribatté Peters.

Il dottor Barron si unì alla conversazione.

« Sì » disse « finiremo con lo scoprirlo. Ma è vero che noi non possiamo fare a meno di chiedere. È proprio nella natura degli occidentali. Guardiamo sempre al domani. Il passato ce lo siamo già lasciati alle spalle, e chiediamo solo di procedere verso il futuro. »

« Lei vuole accelerare il cammino del mondo, non è vero, dottore? » domandò Peters.

« C'è tanto da fare, e la vita è così breve. Bisognerebbe avere più tempo. » Agitò le mani con un gesto appassionato.

Peters si rivolse a Hilary.

« Mi dica, quali sono le quattro libertà di cui andate predicando nel vostro paese? Liberazione dal bisogno, liberazione dalla paura... »

Il francese lo interruppe. « Liberazione dagli sciocchi » disse amaramente. « Ecco ciò che voglio, ciò di cui il mio lavoro ha bisogno. Essere affrancati dalla povertà, dalle economie meschine, dalle restrizioni che intralciano l'opera di ciascuno. »

« Lei è un batteriologo, non è così, dottor Barron? »

« Lo sono. Lei non ha idea, caro amico, che studio affascinante sia! Ma richiede pazienza, infinita pazienza, esperimenti su esperimenti, e danaro, molto danaro per gli apparecchi, per gli assistenti, per il materiale. Avendo tutto il necessario, cosa non si può conseguire? »

« Anche la felicità? » chiese Hilary.

« Ah, già, lei è una donna, madame, e le donne cercano sempre la felicità. »

« E raramente l'ottengono. »

« La felicità individuale non conta » interloquì Peters con serietà. « È la felicità di tutti che ci dobbiamo porre come meta. I lavoratori devono essere liberi e uniti, proprietari dei mezzi di produzione. Bisogna eliminare i guerrafondai, gli uomini avidi e insaziabili che vogliono tener tutto nelle loro mani. La scienza è *per tutti* e non deve essere privilegio di una potenza o dell'altra. »

« Ha ragione » approvò Ericsson. « Gli scienziati devono essere i padroni, devono controllare e dirigere. Essi solo sono superuomini. Loro soltanto contano. Gli schiavi devono essere trattati bene, ma *sono* schiavi. »

Hilary si allontanò di qualche passo dal gruppo. Peters la seguì.

« Sembra un po' scossa » le disse ironicamente.

« Forse lo sono » si sforzò di ridere. « È giusto quello che ha detto il dottor Barron. Io sono solo una donna; non sono uno scienziato. Forse mi sento un po' a disagio in una compagnia così dotta, ma, vede, io non sono altro che una povera creatura che tenta di raggiungere la felicità. »

« È naturalissimo. Lei rappresenta il fondamentale. »

« È molto gentile a pensarla così. »

« È la verità. » Poi soggiunse a voce più bassa: « Ci tiene molto a suo marito? ».

« Sarei qui, se non ci tenessi? »

« Immagino di no. La pensa come lui? Presumo che sia un comunista. »

Hilary evitò di dare una risposta diretta.

« Le idee dei nostri compagni di viaggio non sembrano tutte uguali, sebbene tutti noi abbiamo la medesima destinazione. Il dottor Barron, per esempio, non ha affatto l'aria di interessarsi di politica. Vuole del denaro per i suoi esperimenti. Helga Needheim parla come una fascista, non come una comunista; quanto a Ericsson... »

« Che ne pensa di lui? »

« Mi spaventa. Lo direi in preda a una pericolosa forma di monomania. È come lo scienziato pazzo di un film. »

« E io credo nella fratellanza degli uomini, e lei è una moglie amorosa. E della nostra Calvin Baker cosa ne pensa? »

« Non so. Secondo me è la più difficile da classificare. »

« Io direi piuttosto il contrario. »

« Cioè? »

« È evidente che per lei è il solo denaro che conta. La chiamerei un dente dell'ingranaggio, molto ben pagato. »

« Anche quella donna mi spaventa. »

« Perché mai? Non c'è nulla in lei dello scienziato pazzo. »

« Mi spaventa appunto perché è così comune, è così donna qualunque e, tuttavia, è coinvolta in questa impresa. »

Peters osservò: « Il partito è realista. Adopera sempre gli uomini e le donne migliori per ogni incarico ».

« Ma può essere la persona migliore, quella che lavora solo per danaro? Non potrebbe accadere che passi dall'altra parte? »

« Rischierebbe troppo. La signora Baker è furba. Non credo che lo farebbe. »

Camminavano su e giù mentre parlavano. A un certo punto Peters si chinò a raccogliere qualcosa.

Hilary prese dalle mani ciò che Peter aveva raccolto.

« Oh, è una perla della mia collana. Mi si è rotta l'altro giorno... Che dico? È stato ieri. Quanto tempo sembra già passato! »

« Non sono perle vere, spero. »

« Certo che no. Sono sintetiche. »

Peters estrasse il portasigarette e offrì una sigaretta a Hilary.

« Che strano astuccio. E com'è pesante! »

« È di piombo. Un ricordo di guerra. Fatto col frammento di una bomba che, per mia fortuna, mancò il bersaglio. »

« È stato in guerra? »

« Ero uno dei ragazzi impiegati nelle retrovie. Ma non parliamo di guerre. Pensiamo piuttosto al domani. »

« Dove siamo diretti? Nessuno mi ha detto nulla. »

« L'indagine non deve essere incoraggiata » disse Peters. « Lei andrà dove loro la manderanno, e farà ciò che le diranno. »

Hilary proruppe, con improvvisa eccitazione: « Le piace essere costretto, essere comandato, senza poter decidere la propria sorte? ».

« Se è necessario, sono pronto a chinare la testa. Ed è necessario, se vogliamo conseguire la Pace, la Disciplina e l'Ordine Mondiale. »

« Lo crede possibile? »

« Qualunque cosa è preferibile al disordine nel quale viviamo. Non è d'accordo? »

Sotto l'influsso del luogo, della stanchezza, della bellezza di quell'ora mattutina, Hilary fu sul punto di prorompere in un appassionato diniego.

Avrebbe voluto gridare: « Perché condannate il mondo nel quale viviamo? C'è della brava gente. Forse che il disordine non è un terreno più favorevole a far germogliare la benevolenza e l'individualità, di quanto lo sia un mondo imposto? Un mondo che potrebbe andar bene oggi e non più domani? Preferisco esseri umani, soggetti a sbagliare, ad automi che hanno bandito pietà e comprensione ».

Ma si trattenne in tempo e disse, invece, cercando di mettere dell'entusiasmo nella voce: « Come ha ragione! È la stanchezza che mi confonde. Bisogna obbedire e andare avanti ».

Peters mostrò il suo largo sorriso.

« Così va meglio. »

## X

Più il tempo passava, e più quel viaggio sembrava irreale. Hilary provava una sensazione strana. Le pareva di aver trascorso tutta la vita viaggiando assieme a quei cinque compagni così singolarmente assortiti. In un certo senso non si poteva neppure chiamare una fuga, la loro. Erano tutti, almeno lei pensava così, degli individui liberi, liberi nella scelta della loro destinazione. Per quanto le risultava, nessuna di quelle persone aveva commesso crimini o era ricercata dalla polizia. Tuttavia, quanta pena per far perdere le loro tracce. Era come un processo in atto per trasformare la loro personalità in quella di qualcun altro.

Nel suo caso tutto ciò era vero. Aveva lasciato l'Inghilterra come Hilary Craven ed era divenuta Olive Betterton, e non era da escludere che quella strana sensazione di irrealtà fosse la diretta conseguenza di questa prima metamorfosi. Ma anche nello spirito si sentiva mutata: più emotiva, più esaltata. E attribuiva ciò all'influenza dei suoi compagni.

Lei sapeva, ora, di essere un po' spaventata per la loro vicinanza. Non le era mai capitato, prima, di trovarsi in così stretto contatto con persone di genio. E la genialità, proprio perché si eleva sulla intelligenza normale, può provocare, in chi non la possiede, un notevole complesso di inferiorità. Quelle cinque persone erano completamente diverse fra loro, eppure avevano in comune una specie di fanatismo, di idea fissa, che incuteva quasi paura. Ognuno di loro, pensava Hilary, era un appassionato idealista. Per il dottor Barron, trovarsi in un laboratorio dove fosse possibile lavorare, fare esperimenti senza limitazione di risorse e di danaro, era lo scopo ultimo della vita. Una volta le aveva detto che lui sarebbe stato in grado di distruggere un intero continente, mediante una piccola fiala. Lei gli aveva chiesto:

« E ne avrebbe davvero l'animo? »

« Naturalmente, se fosse necessario » aveva risposto, sorpreso per la domanda. Poi aveva soggiunto:

« Sarebbe molto interessante osservare il corso preciso, l'esatto progresso. » E, dopo un profondo sospiro: « Vede, c'è ancora tanto da imparare, tanto da scoprire ».

Per un momento Hilary riuscì a capire quell'uomo che, per il suo desiderio di sapere, non rifuggiva dal considerare di nessun conto la vita di milioni di esseri umani. Provava maggiore avversione per Helga Needheim. La superba arroganza di quella donna la rivoltava. Peters invece le piaceva, ma qualche volta sentiva nei suoi confronti un sentimento di ripulsa e di spavento a causa di uno strano bagliore che aveva notato nei suoi occhi. Una volta gli disse:

« Non è un nuovo mondo che volete creare. È la distruzione di quello vecchio che vi affascina. »

« Cosa dice! Ha torto, Olive. »

« Non mi sbaglio. C'è dell'odio in voi, lo sento. Il desiderio di distruggere. »

Ericsson era quello che, più di tutti, la disorientava. Sembrava un sognatore: meno pratico del francese, non così preso dalla febbre distruttiva dell'americano. Aveva il fanatico idealismo dello scandinavo.

« Dobbiamo conquistare il mondo » diceva. « Dopo potremo dirigerlo. »

« Noi? » gli aveva chiesto Hilary.

« Noi. I pochi che contano. I cervelli. »

Hilary meditava. *Dove andremo a finire? Questa gente è pazza, ma non tutti allo stesso modo. I loro miraggi sono diversi. Sì, era questa la parola*: miraggi. Si voltò a contemplare la signora Baker. Ecco, in lei non c'era fanatismo, né odio, né arroganza o aspirazione. Una donna senza cuore né coscienza. Un efficiente strumento nelle mani di una potente forza sconosciuta.

Alla fine del terzo giorno giunsero in una cittadina e alloggiarono in un modesto albergo indigeno. Qui ripresero i loro panni europei. Dopo aver dormito in una stanzetta, tutta bianca e nuda come una cella, Hilary fu svegliata dalla signora Baker, all'alba.

« Si parte subito » disse quest'ultima. « L'aereo aspetta. »

« L'aereo? »

« Sì, mia cara. Grazie a Dio, torniamo a viaggiare da cristiani. »

Giunsero all'aeroporto dopo circa un'ora di macchina. Sembrava un vecchio aeroporto militare fuori uso. Il pilota era francese. Volarono per diverse ore sopra le montagne. Monti, valli, strade, case, tutto il mondo sembrava uguale, visto da lassù. Per metà del tempo non videro nulla perché volavano sopra le nubi.

Nel primo pomeriggio l'apparecchio si accinse ad atterrare in una zona pianeggiante, fra le montagne. In essa era stato costruito uno spazioso aerodromo fiancheggiato da un edificio bianco. L'atterraggio fu perfetto.

La signora Baker guidò i passeggeri verso l'edificio, davanti al quale sostavano due potenti macchine con a lato i due autisti in attesa. Si trattava, chiaramente, di un aeroporto privato.

« Fine del viaggio » annunciò allegramente la signora Baker. « Entriamo a darci una ripulita, poi le macchine saranno pronte. »

« La fine del viaggio? » chiese Hilary con occhi spalancati. « Ma non abbiamo attraversato il mare. »

La signora Baker sembrava divertita. « Si aspettava di attraversarlo? »

« Ebbene, sì. Credevo lo avremmo fatto. Pensavo... » La signora Baker annuì con la testa.

« Molta gente lo crede. Si dicono un mucchio di sciocchezze attorno alla cortina di ferro, ma una cortina di ferro, dico io, può esserci ovunque. La gente non pensa a questo. »

Due servitori arabi servirono loro caffè, sandwiches e biscotti. Poi la signora Baker guardò l'orologio.

« Ebbene, signori, arrivederci » disse. « Io vi lascio. »

« Torna in Marocco? » chiese Hilary sorpresa.

« No. Sarebbe un'imprudenza, visto che mi si crede deceduta in un incidente aereo. No, una volta tanto la mia missione sarà un'altra. »

« Ma qualcuno potrebbe sempre riconoscerla » obiettò Hilary. « Voglio dire qualcuno col quale è stata in albergo, a Fez o a Casablanca. »

« Ah, ma si sbaglierebbero. Ho un passaporto diverso ora. Tuttavia è vero che una mia sorella, che mi assomiglia moltissimo, ha perduto la vita a quel modo. Per le conoscenze casuali che si fanno in albergo, tutte le turiste americane hanno la stessa faccia. »

Hilary, in cuor suo, dovette darle ragione. Effettivamente tutte le caratteristiche esteriori di poca importanza, erano presenti nella signora Baker. Linda, elegante, l'acconciatura sempre inappuntabile, conversava volentieri su cose di nessun conto. Le qualità interiori, invece, erano molto ben mascherate o, forse, non esistevano. La signora Baker presentava al mondo una *facciata*: cosa poi ci fosse dietro quella facciata, non era facile scoprirlo. Si sarebbe detto che, deliberatamente, cercava di smorzare qualunque segno di individualità.

La signora Baker e Hilary stavano un po' in disparte dal gruppo. Quasi sentisse il bisogno di rivelare il suo pensiero, Hilary disse:

« Non ho la minima idea di come lei sia, in realtà. »

« Perché dovrebbe? »

« Già, perché? E tuttavia, vede, sento che dovrei saperlo. Abbiamo viaggiato insieme, in circostanze piuttosto particolari, e mi sembra strano non sapere nulla di lei. Nulla, intendo, dei suoi sentimenti, pensieri, di ciò che le piace o di ciò che la urta, delle cose che considera importanti o inutili. »

« Ha una mente troppo inquisitrice » rilevò la signora Baker. « Se vuole accettare un consiglio, dovrebbe correggere questa sua inclinazione. »

« Non so neppure di che parte degli Stati Uniti è. »

« Altra cosa che non ha importanza. Non ho più niente da spartire col mio paese. Per certe ragioni, non potrò mai più tornarci. Se mi capiterà l'occasione di sfogare un rancore contro quel paese, sarò felice di farlo. »

La malevolenza affiorava nell'espressione del viso e nel tono di voce, ma fu questione di un secondo. Ritrovò il suo gaio accento mondano quando riprese a parlare.

« Allora, arrivederci, signora Betterton. Spero che avrà una felice riunione con suo marito. »

Hilary disse debolmente:

« Non so neppure dove mi trovo, in quale parte del mondo. »

« Oh, non è più un segreto, ora. Siamo nella zona montagnosa dell'Alto Atlante. Abbastanza vicino... »

La signora Baker si mosse per salutare gli altri. Mentre s'incamminava attraverso il campo, agitava gaiamente le mani in segno di commiato. L'aereo aveva fatto rifornimento e il pilota era in attesa. Hilary provò un brivido al pensiero che quello era l'ultimo legame che l'allacciava al mondo libero. Peters, che le stava vicino, sembrò percepire la sua reazione.

« Viaggio senza ritorno » disse dolcemente.

Il dottor Barron interloquì:

« Le regge l'animo, madame, o vorrebbe correre dietro la sua amica americana e tornare con lei nel mondo che ha lasciato? »

« Potrei, se lo volessi? » domandò Hilary.

Il francese scosse le spalle.

« Vuole che la chiami? » domandò Peters.

« Naturalmente no » rispose Hilary con asprezza.

Helga Needheim intervenne ironicamente.

« Qui non c'è posto per donne deboli. »

« Non si tratta di debolezza » ribatté Barron. « La signora Betterton si pone delle domande, come farebbe qualunque donna intelligente. » Sottolineò l'aggettivo, intenzionalmente, ma la tedesca non notò il suo tono.

Parlò Ericsson, con la sua voce nervosa.

« Quando uno ha finalmente raggiunto la libertà, può voler tornare indietro, o anche solo contemplarne l'idea? »

Hilary lo rimbeccò.

« Ma se non è possibile tornare indietro, o scegliere di tornare, allora non è libertà. »

Uno dei servitori venne ad avvertirli che le macchine erano pronte.

Due Cadillac, con gli autisti in uniforme, stavano aspettando. Hilary chiese di sedere a lato del guidatore, adducendo come spiegazione il fatto che a volte le capitava di soffrire il male d'auto. Durante il tragitto, di quando in quando, scambiò con lui qualche parola. Lei parlava francese correntemente e l'uomo rispondeva con cortesia. I suoi modi erano adeguati alla situazione.

« Quanto tempo impiegheremo? » gli chiese Hilary.

« Dall'aeroporto all'ospedale ci vorranno un paio d'ore, madame. »

La parola suonò sgradevole all'orecchio di Hilary. Aveva notato, senza darvi importanza, che Helga Needheim aveva sostituito l'abito con un camice da infermiera.

« Mi dica qualcosa dell'ospedale » chiese all'autista.

La risposta fu entusiasta.

« Oh, madame, è magnifico. Abbiamo gli impianti più moderni del mondo. Molti medici vengono a visitarlo, e ne rimangono ammirati. Vi si compie una grande opera umanitaria. »

« Deve essere così » fece Hilary.

« Quei disgraziati » riprese l'uomo « che in passato erano condannati a morire miseramente su qualche isola solitaria, ora, invece, vengono curati; almeno un'alta percentuale, col nuovo trattamento del dottor Kolini. Anche quelli a uno stadio avanzato. »

« Mi pare un posto solitario per tenerci un'ospedale. »

« Oh, madame, date le circostanze, doveva essere isolato. Ma l'aria è meravigliosa. Guardi, madame, può vederlo da qui. » Con un dito glielo indicava.

Stavano avvicinandosi allo sperone di una catena montagnosa, ai piedi del quale si poteva scorgere un lungo edificio bianco.

« Se lo immagina, costruire un simile fabbricato in questa zona? Devono averci speso della somme favolose. Il filantropo che ha finanziato l'impresa, è uno degli uomini più ricchi del mondo, dicono. »

Ora la macchina correva lungo una stradetta serpeggiante. Si fermò davanti a una grande cancellata in ferro.

« Dovrà scendere qui, madame, non è permesso andare oltre i cancelli con l'automobile. I garage sono a un chilometro da qui. »

I viaggiatori scesero tutti. Attaccato a un grosso cordone pendeva un campanello, ma, prima che qualcuno l'avesse toccato, i cancelli si aprirono lentamente. Un uomo di colore, vestito di bianco, si fece loro incontro e, con inchini e sorrisi, li invitò ad entrare. Superati i cancelli videro, da un lato, protetto da una fitta rete di filo metallico, un ampio cortile nel quale alcuni uomini camminavano avanti e indietro. Come costoro si voltarono per guardare i nuovi arrivati, Hilary si lasciò sfuggire un grido soffocato di orrore.

« Ma sono dei lebbrosi! » esclamò.

Un brivido di raccapriccio la percorse da capo a piedi.

## XI

Con uno scatto metallico i cancelli si richiusero alle spalle dei viaggiatori. Quel suono colpì Hilary come una terribile nota di fatalità. *Lasciate ogni speranza voi ch'entrate*, sembrava dire. *Questa è la fine*, pensò Hilary, *veramente la fine*. Qualunque possibilità di rinuncia era preclusa.

Era sola, ora, in mezzo a nemici e, fra pochi minuti al massimo, la sua simulazione sarebbe stata smascherata. Sebbene quest'idea fosse da tempo annidata nel suo subcosciente, tuttavia l'insopprimibile ottimismo dello spirito umano, l'indefinibile sensazione che il suo *io* non avrebbe potuto cessare di esistere, le avevano impedito, fino a quel momento, di pensarci. Quando, a Casablanca, aveva chiesto a Jessop cosa sarebbe avvenuto il giorno in cui si fosse imbattuta in Tom Betterton, Jessop non le aveva nascosto che quello sarebbe stato il momento più pericoloso. Aveva aggiunto, però, che sperava di essere in grado, allora, di proteggerla. Alla luce degli ultimi avvenimenti, quella speranza, ahimè, non poteva che considerarsi irrealizzabile.

Se la signorina Hetherington era l'agente sul quale Jessop faceva assegnamento, la manovra era fallita.

I viaggiatori erano giunti al luogo senza ritorno. Hilary aveva giocato d'azzardo e aveva perduto. Ora, purtroppo, scopriva quanto esatta fosse stata la diagnosi di Jessop. Lei, infatti, non voleva più morire. Ora voleva vivere. Ora le riusciva anche di pensare a Nigel, alla tomba di Brenda, certamente con dolore e pietà, ma non più con la disperazione che le aveva fatto cercare oblio nella morte. *Ecco*, pensava, *ho ritrovato me stessa, eppure sono di nuovo un topo in trappola. Se soltanto ci fosse un modo...*

Ma, una volta avvenuto il confronto con Betterton, non riusciva ad intravvedere nessuna via di scampo. Betterton avrebbe detto: « Questa non è mia moglie » e allora sarebbe stata la fine.

Quale soluzione poteva esserci? Supponiamo che avesse cercato di giocare un'ultima carta, di battere Betterton sul tempo, gridando, prima di lui: « Lei chi è? *Lei* non è mio marito! ». Se le fosse riuscito di simulare, sufficientemente bene, l'indignazione, l'orrore, avrebbe potuto far sorgere qualche dubbio sulla identità di Betterton. In altre parole, far nascere il sospetto che lui fosse una spia. Però, se l'avessero creduta, si sarebbe messa male per Betterton. D'altronde se Betterton era un traditore, pronto a vendere i segreti della sua patria, non se lo sarebbe meritato? In ogni caso valeva la pena di tentare.

Con un senso di vertigine ritornò al presente. I pensieri s'erano freneticamente rincorsi e combattuti nella sua mente, senza lasciar trapelare nulla di quella lotta.

Il gruppetto dei viaggiatori era stato ricevuto da un bell'uomo, dal fisico prestante; doveva essere un poliglotta, poiché aveva detto a ciascuno di loro qualche parola gentile nella sua lingua.

Il senso di vertigine cresceva. Hilary sentiva il gruppo avanzare e recedere attorno a lei come fa l'onda del mare. Peters, che camminava a lato, stese un braccio come per sorreggerla.

« Immagino non abbia saputo » disse costui, rivolgendosi al loro ospite « che la signora Betterton è stata coinvolta in una catastrofe aerea a Casablanca. Ne ha riportato un grave choc. Questo viaggio non può averle giovato, e neppure l'eccitazione dovuta all'idea di rivedere il marito. Direi che avrebbe bisogno di riposarsi subito in una camera buia. »

Hilary sentì gentilezza in quella voce e nel braccio che la sosteneva. Come sarebbe stato facile piegare le ginocchia e lasciarsi cadere, fingere una specie di svenimento. Avesse potuto sdraiarsi su un letto, al buio, rimandare ancora per un po' il momento del confronto! Ma Betterton l'avrebbe raggiunta, qualunque marito l'avrebbe fatto. Si sarebbe chinato su di lei e, appena i suoi occhi si fossero abituati alla penombra, si sarebbe accorto che non era sua moglie.

Il coraggio le tornò, assieme al colore sulle guance. Raddrizzò la figura e rialzò la testa.

Se doveva essere la fine, che fosse almeno una fine valorosa! Sarebbe andata da Betterton e, dopo essere stata ripudiata, avrebbe rischiato la battuta finale, recitandola audacemente:

« No, naturalmente, non sono sua moglie. Sua moglie, sono terribilmente addolorata, è morta. Ero ricoverata all'ospedale con lei. Le promisi che avrei fatto di tutto per trovarla e portarle il suo ultimo messaggio. Lo facevo volentieri. Vede, io simpatizzo con lei per quello che ha fatto, che sta facendo. Condivido le sue idee, voglio aiutarla. »

Molto esile. Sì, veramente troppo esile. E poi, come avrebbe potuto spiegare il passaporto falsificato, le lettere di credito? Non erano inezie. Eppure ci sono delle persone che, a volte, riescono a ingannare il prossimo con le bugie più sfacciate, quando sanno mentire con sufficiente sicurezza. Tuttavia doveva tentare. Sì, poteva sempre tentare di battersi.

Si sganciò gentilmente da Peters, che la sorreggeva, e disse decisa:

« Oh, no. Devo vedere Tom. Andar da lui, ora, subito. Per favore. »

L'omone che li guidava si mostrò cordiale, comprensivo, sebbene lo sguardo restasse vigile.

« Capisco, capisco i suoi sentimenti, signora Betterton. Ecco la signorina Jensson. »

Una ragazza magra, occhialuta, li aveva raggiunti.

« Signorina Jensson, le presento la signora Betterton, la signorina Needheim, il dottor Barron, il signor Peters, il dottor Ericsson. Li porti alla cancelleria e offra loro da bere. Sarò da voi fra pochi minuti. Giusto il tempo di condurre la signora Betterton da suo marito. Vuole seguirmi, signora Betterton? »

S'incamminò a lunghi passi, e la donna lo seguì. A una curva del corridoio Hilary voltò la testa per dare un ultimo sguardo. Peters era ancora là fermo che la guardava. Aveva un aspetto perplesso e sconsolato tanto che lei pensò, per un momento, che stesse per raggiungerla.

*Forse è l'ultima volta che lo vedo*, pensò e sollevò la mano per fargli un cenno d'addio.

La sua guida chiacchierava allegramente.

« Da questa parte, signora Betterton. Temo che si troverà un po' disorientata, i primi tempi, con tutti questi corridoi che si assomigliano. »

Era come un sogno, pensava Hilary, un sogno fatto di bianchi corridoi lungo i quali passava e ripassava senza riuscire a trovarne lo sbocco. Disse: « Non immaginavo che si trattasse di un ospedale ».

« Come avrebbe potuto? » C'era un'impercettibile nota di allegria sadica, in quella voce.

« Ha dovuto, come si suol dire, *volare alla cieca*. A proposito, il mio nome è Van Heidem. Paul Van Heidem. »

« È tutto un po' strano, e piuttosto terrificante. Voglio dire... i lebbrosi. »

« Naturalmente. Pittoresco ma, generalmente, coglie di sorpresa. Si abituerà, col tempo si abituerà. » Fece una risatina soffocata.

« Ecco, siamo quasi giunti. Ancora una rampa di scale. Non si affretti, se la prenda con calma. »

Van Heidem si fermò davanti a una porta e bussò. Attese un attimo, poi l'aprì.

« Ah, Betterton, eccoci finalmente. Qui c'è sua moglie: sana e salva. »

Si trasse in disparte con un cavalleresco inchino.

Hilary non indietreggiò. Entrò nella stanza a testa alta e affrontò il suo destino.

Un uomo stava alla finestra, voltato verso di loro soltanto per metà. Era biondo e singolarmente attraente. La bellezza di quell'uomo suscitò in Hilary un moto di sorpresa. Non rispondeva all'idea che s'era fatta di Tom Betterton. Certamente le fotografie che le erano state mostrate non erano affatto...

Fu proprio questo confuso sentimento di sorpresa che la convinse a mettere in atto il suo disperato espediente.

Fece un passo avanti, poi si ritrasse. Con accento allarmato, atterrito, esclamò:

« Ma... questo non è Tom. Questo non è mio marito... »

La battuta aveva ottenuto l'effetto sperato. Drammatico, ma non troppo. Rivolse a Van Heidem uno sguardo smarrito.

Fu allora che Tom Betterton rise. Una risata tranquilla, divertita, quasi trionfante.

« Non c'è male, vero, Van Heidem? » scherzò. « Neppure mia moglie mi riconosce. »

Avanzò rapidamente verso di lei e la prese fra le braccia.

« Olive, cara. Naturalmente sono Tom. Anche se la mia faccia è un poco cambiata. »

Mentre la stringeva a sé le sue labbra mormorarono in un soffio all'orecchio della donna: « *Finga, per l'amor di Dio. Pericolo* ».

L'allontanò un attimo da sé, come per rimirarla, poi di nuovo la prese fra le braccia.

« Cara. Sono sembrati anni. Anni. Ma finalmente sei qui. »

Solo dopo qualche istante allentò la stretta per guardarla in viso.

« Ancora non riesco a crederci » disse. « Ora mi riconosci, vero? »

I suoi occhi trasmettevano sempre quel messaggio di pericolo.

Lei non capiva, naturalmente. Comunque il miracolo era avvenuto e non le restava che continuare a recitare la sua parte.

« Tom! Oh, Tom! Caro... ma come... »

« Chirurgia plastica! Hertz di Vienna è qui con noi. Non dirmi che rimpiangi il mio orribile naso rincagnato. »

La baciò di nuovo, leggermente, con abbastanza disinvoltura questa volta, poi si volse a Van Heidem con una risata.

« Perdoni il trasporto, Van. »

« È più che naturale! » L'olandese sorrideva benevolmente.

« È stato così lungo » disse Hilary « e io... ». Vacillava un po'. « Posso sedermi? »

Tom Betterton le porse, premurosamente, una sedia.

« Certo, cara. Quel terribile viaggio. E il disastro aereo. Mio Dio, che salvataggio miracoloso! »

Dunque si comunicava col mondo esterno. Le notizie arrivavano.

« M'ha lasciato la testa ovattata » disse Hilary con l'aria di scusarsi. « Dimentico le cose, faccio una gran confusione e ho delle terribili cefalee. E ora, trovarti così cambiato. Sono un po' sotto-sopra, caro. Spero di non esserti di fastidio. »

« Ma che dici, cara. Devi semplicemente prenderla

con calma. Qui avrai tutto il tempo che vuoi per rimetterti in salute. »

Van Heidem si diresse verso la porta.

« Vi lascio ora » disse. « Fra un po' porterà sua moglie in cancelleria, Betterton. Per il momento penso che preferiate restar soli. »

Uscì chiudendo la porta dietro di sé.

Subito Betterton si lasciò cadere in ginocchio vicino ad Hilary, nascondendo la faccia sulla sua spalla.

« Cara, cara » le diceva. E intanto, con la pressione delle mani, sembrava volerla avvertire di stare in guardia.

« Finga. Ci potrebbe essere un microfono, non si sa mai. » Le parlava in un sussurro, tanto che lei stentava ad afferrare le parole. Poi aggiunse ad alta voce:

« È meraviglioso vederti, cara. È come un sogno. Dimmi, provi anche tu quello che provo io? »

« Sì, è proprio come un sogno essere qui con te. Finalmente! Non sembra vero, Tom. »

Gli aveva messo le mani sulle spalle e lo guardava con un lieve sorriso. (Oltre al microfono poteva esserci anche uno spioncino.)

Fredda e calma, ora valutava l'uomo che le stava dinanzi. Un tipo nervoso, sui trent'anni, terribilmente spaventato e visibilmente allo stremo della resistenza. Un uomo che, con tutta probabilità, era giunto lì pieno di speranze ed ora era già ridotto in quello stato.

Si sforzò di richiamare alla memoria tutte le cose che aveva studiato sotto la guida di Jessop.

« Sembrano trascorsi dei secoli » continuò. « Whiskers, ti ricordi di Whiskers? Sai, ebbe i gattini appena te ne andasti via. Ci sono tante cose, tante piccole cose sciocche che tu non conosci. È proprio questo che sembra così bizzarro. »

« Lo so. Succede quando si rompe con la vecchia vita e se ne comincia una nuova. »

« E... qui va tutto bene? Sei felice? »

Una domanda che qualunque moglie avrebbe fatto.

« Qui è meraviglioso. » Tom Betterton raddrizzò le spalle e gettò indietro la testa. Erano occhi infelici, sbigottiti, quelli che la guardavano da quel viso in apparenza fiducioso. « Tutte le facilitazioni. Nessuna economia. Condizioni perfette per il lavoro. Ma ciò che sbalordisce più di tutto, è l'organizzazione. »

« Sono certa che è così. Il mio viaggio... anche tu sei venuto allo stesso modo? »

« Di questo non si deve parlare. Oh, no, cara, non è un rimprovero che ti faccio. Vedi, ci sono molte cose che dovrai imparare. »

« Ma i lebbrosi? È davvero una colonia di lebbrosi? »

« Autentica. Abbiamo un gruppo di medici che stanno facendo, sul soggetto, un lavoro di ricerca molto importante. Ma non ti devi preoccupare. Si tratta di una sezione completamente a sé. »

« Capisco » disse Hilary guardandosi attorno. « È questo il nostro alloggio? »

« Sì. Questo è il salotto, là c'è il bagno e, oltre, la camera da letto. Vieni, ti mostro. »

Si alzò e lo seguì, attraverso un bagno ben arredato, fino a un'ampia stanza con due letti gemelli. Un grande armadio a muro, un tavolo da toilette e uno scaffale di libri, completavano l'arredamento.

Hilary sembrò divertita all'idea di quel grande armadio.

« Non so davvero cosa ci metterò dentro » osservò. « Tutti gli abiti che ho, sono quelli che porto indosso. »

« Oh, non preoccuparti! Qui troverai tutto ciò che desideri. Nei locali a pianterreno c'è un reparto moda, fornito anche di tutti gli accessori dell'abbigliamento, cosmetici, ogni cosa insomma. E tutto di primissima qualità. Non ci sarà più bisogno di uscire di qui. »

Le ultime parole furono pronunciate con leggerezza, tuttavia all'orecchio sensibile di Hilary non sfuggì una nota di disperazione.

Nessuna possibilità di tornarsene fuori, mai più. *Lasciate ogni speranza voi ch'entrate*. Senza dubbio una gabbia confortevole. Ed era dunque per questo che tanti studiosi avevano abbandonato il loro paese, le loro case, la loro vita normale? Sapevano, il dottor Barron e Peters e tutti gli altri, ciò che venivano a trovare? Sarebbero rimasti contenti? Era questo che avevano sognato?

Avrebbe voluto fare tante domande, ma giudicò più saggio rinunciarvi. Se qualcuno davvero li ascoltava! Tom Betterton sembrava lo ritenesse possibile. Ma non era, per caso, questione di nervi? Betterton le era sembrato molto vicino a un collasso.

Sì, pensò, *molto vicino a un collasso. E nelle medesime condizioni potresti trovarti tu stessa, mia cara, in meno di sei mesi.*

Tom Betterton le chiese: « Desideri riposare? ».

« No » rispose lei, esitante. « È meglio di no. »

« Allora ci conviene andare alla cancelleria. »

« Ma cos'è questa cancelleria? »

« Un ufficio dove prendono nota di tutti i tuoi dati. Stato di salute, dentatura, pressione arteriosa, gruppo sanguigno, reazioni psicologiche, gusti, disgusti, allergie, attitudini, preferenze. Tutti quelli che entrano devono passarci. »

« Suona piuttosto militaresco, o, dovrei dire, clinico? »

« Tutt'e due » disse Tom Betterton. « È un'organizzazione davvero formidabile. »

« Come si suppone che sia tutto quanto sta oltre cortina! »

Hilary si sforzava di mettere dell'entusiasmo nella voce. Olive Betterton, presumibilmente, era stata una simpatizzante del partito, anche se non la si conosceva come membro effettivo.

Betterton disse evasivamente:

« Ci sono molte cose che dovrai capire, cara, ma sarà meglio farlo gradatamente. »

La baciò di nuovo. Un bacio curioso, apparentemente tenero e appassionato, ma in realtà freddo come il gelo. E nel farlo le sussurrò ancora all'orecchio: « Non molli, la prego ». Poi a voce alta disse: « Allora scendiamo ».

## XII

Sovrintendente alla cancelleria era una donna che aveva tutto l'aspetto di una istitutrice. I capelli raccolti in uno *chignon*, un *pince-nez* sul naso. Fece un cenno di approvazione, come Betterton entrò nella stanza.

« Ah! » disse. « Ha portato la signora. Molto bene. »

Il suo inglese, pur essendo perfettamente idiomatico, mancava di scioltezza, tanto che faceva subito pensare a una forestiera. Effettivamente la sua nazionalità era svizzera. Fece accomodare Hilary e, da un cassetto, estrasse un fascio di moduli sui quali cominciò a scrivere rapidamente. Tom Betterton disse un po' impacciato:

« Ebbene, allora io ti lascio, Olive. »

« Sì, prego, dottor Betterton. È molto meglio che la signora sbrighi subito tutte le formalità. »

Betterton uscì, chiudendosi la porta alle spalle. La donna continuò a scrivere.

« Ecco, ora » si rivolse ad Hilary con tono pratico « il suo nome e cognome, prego. Età. Luogo di nascita. Nome del padre e della madre. Malattie. Gusti. Manie. Impieghi occupati. Diplomi. Preferenze di cibi e bevande. »

Seguitò con quella tiritera, come se leggesse un interminabile catalogo. Hilary rispondeva quasi meccanicamente. Mai come in questo momento aveva apprezzato l'insistenza di Jessop per farle studiare tutti quei dettagli. Se n'era impadronita tanto bene che le risposte le venivano naturalmente, senza la minima esitazione.

Mentre faceva l'ultima registrazione la donna disse:

« È tutto, per questo ufficio. Ora dovrà passare dal dottor Schwartz per l'esame medico. »

« È proprio necessario? » chiese Hilary. « Mi sembra assurdo. »

« Noi siamo molto scrupolosi, signora Betterton. Il dottor Schwartz le piacerà molto. Poi passerà dal dottor Rubec. »

Il dottor Schwartz era una donna, bionda e amabile. Dopo una visita meticolosa disse a Hilary: « Ecco fatto. Ora vada dal dottor Rubec ».

« Chi è questo dottor Rubec? Un altro medico? »

« Uno psicologo. »

« Non voglio andare dallo psicologo. Non mi piacciono. »

« Per favore, non si allarmi, signora Betterton. Non sarà sottoposta ad alcun trattamento. Si tratta semplicemente di una prova di intelligenza e di stabilire a quale gruppo-tipo appartiene la sua personalità. »

Il dottor Rubec era svizzero. Una quarantina d'anni, all'incirca. Un tipo alto e melanconico. Salutò Hilary e diede un'occhiata al biglietto che il dottor Schwartz gli aveva passato.

« Sono lieto di vedere che la sua salute è buona » disse. « So che ha avuto un incidente aereo. »

« Sì. Sono stata quattro o cinque giorni all'ospedale, a Casablanca. »

« Non sono sufficienti » disapprovò il dottor Rubec. « Avrebbe dovuto starci di più. »

« Avevo fretta di proseguire il viaggio. »

« Capisco, ma sono casi che richiedono, soprattutto, molto riposo. Apparentemente uno crede di star bene, ma possono derivarne conseguenze serie. Vedo, per esempio, che i vostri riflessi non sono come dovrebbero. Soffre di mal di testa? »

« Sì. Emicranie terribili. E poi ho la testa confusa e non ricordo le cose. »

Hilary credeva utile insistere su questo particolare. Il dottor Rubec annuiva col capo.

« Sì, ma non si impressioni. Passerà. Ora faremo un *test* per stabilire a quale tipo di mentalità appartiene. »

Hilary si sentiva nervosa ma alla fine tutto si mostrò più semplice di quanto avesse temuto. Il dottor Rubec, dopo aver fatto varie registrazioni su un lungo modulo, disse:

« È un vero piacere trattare con qualcuno che non è in alcun modo un genio. »

Hilary rise divertita. « Oh, non sono certo un genio. »

« Lei è fortunata » replicò il dottor Rubec. « Posso garantirle che la sua esistenza, qui, sarà molto più tranquilla. L'uomo di scienza, madame, non è freddo e calmo come si crede generalmente. Possiede un intelletto acuto ma, a causa delle forti cariche emotive cui va soggetto, è sensitivo, facilmente incline allo squilibrio. »

« Forse ha ragione » disse Hilary, ricordando che per quell'uomo, come per tutti gli altri, lei era la moglie di uno scienziato. « Effettivamente la *loro* sensibilità è morbosa, a volte. »

Il dottor Rubec continuò:

« Lei non può immaginare, madame, i dissensi, le gelosie, le suscettibilità con le quali dobbiamo combattere. Ma lei fa parte di una piccola minoranza. Appartiene a un gruppo fortunato, se così posso esprimermi. »

« Non la capisco. Che genere di minoranza? »

« Quella delle mogli » spiegò lui. « Sono poche le mogli ammesse. »

« E cosa fanno le mogli qui? » domandò Hilary, soggiungendo come per scusarsi:

« Vede, è tutto così nuovo per me. Non ci capisco ancora nulla. »

« Capisco. Ci sono passatempi, ricreazioni, divertimenti, corsi d'istruzione. Un campo vastissimo. Spero che si troverà bene. »

« Come lei? »

La domanda era audace e Hilary si chiese se fosse stato saggio formularla. Per fortuna, il dottor Rubec sembrò prenderla allegramente.

« Ha indovinato, madame. Io trovo la vita, qui, estremamente interessante e tranquilla. »

« Non rimpiange mai la Svizzera? »

« Non soffro di nostalgia. No. Anche perché a casa mia le condizioni non erano delle più liete. Avevo moglie e diversi bambini, ma non ero tagliato per la vita di famiglia. Qui ho ampie possibilità di studiare certi aspetti della mente umana che m'interessano molto e sui quali sto scrivendo un libro. »

« E ora dove debbo andare? » chiese Hilary congedandosi.

« La signorina La Roche la condurrà al reparto vestiario. »

Dopo le donne *robot* che Hilary aveva avvicinato finora, mademoiselle La Roche fu una gradevole sorpresa. Era stata *vendeuse* in una casa parigina di *haute couture* e i suoi modi erano deliziosamente femminili.

« Sono felice di conoscerla, madame, e spero di poterla accontentare. Immagino che sarà stanca, visto che è appena arrivata. Le suggerirei, per il momento, di scegliere le poche cose essenziali che le servono, per esempio una parure di biancheria, un abito da pranzo e, forse, un tailleur. Domani, o quando preferirà, potrà esaminare con comodo tutto il nostro assortimento. »

« È delizioso » esclamò Hilary. « Non so dirle quanto sia avvilente possedere solo uno spazzolino da denti e una spugna. »

Mademoiselle La Roche rise divertita e guidò Hilary a un salone dove c'erano abiti di tutte le fogge, di ottimo tessuto e di taglio eccellente. Dopo che Hilary ebbe fatto la sua scelta passò al reparto cosmetici dove ciprie, creme e vari accessori per toilette furono consegnati ad una commessa con l'incarico di portarli nell'appartamento dei Betterton.

« Speriamo di rivederla presto, madame » la salutò, graziosamente, mademoiselle La Roche.

In quel mentre entrò nel salone la signorina Jensson, la ragazza magra con gli occhiali.

« Ha finito, signora Betterton? » domandò.

« Sì, grazie. »

« Allora forse vorrà venire a conoscere il vice direttore. »

Hilary seguì la signorina Jensson.

« Chi è il vice direttore? » le chiese.

« Il dottor Nielson. »

*In questo posto*, rifletteva Hilary, *sono tutti dottori in qualche cosa.*

« Che genere di dottore? » domandò. « Medicina, scienze? »

« Oh, no, signora Betterton. Il dottor Nielson è il capo amministrativo del nucleo. Generalmente ha un colloquio con i nuovi arrivati. .Credo che in seguito non avrà più occasione di vederlo, a meno che non si verifichi qualche fatto straordinario. »

Dopo aver attraversato due anticamere, dove varie stenografe erano al lavoro, giunsero nel *sancta sancto-*

*rum* dove il dottor Nielson sedeva dietro un'ampia scrivania. Si alzò per salutare. Era un uomo grosso, dall'aspetto florido e con maniere gentili. Di origine transatlantica, pensò Hilary, sebbene avesse un'accento relativamente americano.

Venne loro incontro e strinse le mani a Hilary. « La signora è... sì, vediamo, Olive Betterton. Felice di darle il benvenuto, signora Betterton. Spero si troverà bene con noi. Mi spiace per lo sfortunato incidente di cui è stata vittima ma sono molto lieto che se la sia cavata. Suo marito la aspettava con impazienza e mi auguro, ora che è finalmente arrivata, che si sistemi bene e che sia felice con noi. »

« Grazie, dottor Nielson. »

Hilary sedette sulla sedia che lui le indicava.

« Nessuna domanda che desideri farmi? » Il dottor Nielson si protendeva verso di lei in maniera incoraggiante. Hilary rise, imbarazzata.

« È molto difficile risponderle » disse. « La verità è che sono talmente tante le domande che vorrei farle che non so da dove incominciare. »

« Capisco. Capisco perfettamente, ma se volete accettare un mio consiglio, badi si tratti di un consiglio e nulla più, io non chiederei nulla. Mi adatterei e starei a vedere cosa succede. È il modo migliore, mi creda. »

« Ne so tanto poco » riprese Hilary « e tutto è così inatteso. »

« A molti fa quest'impressione. Pare che, generalmente, si facciano l'idea di dover arrivare a Mosca. » Rise allegramente. « La nostra residenza in mezzo al deserto è una sorpresa per la maggior parte dei nostri ospiti. »

« Per me lo è stata, senza dubbio. »

« Non è prudente dare molti riferimenti in anticipo. La discrezione è indispensabile. Ma qui si troverà a suo agio, vedrà. Se c'è qualcosa che non le piace, o, al contrario, le piacesse avere, non le resta che farne richiesta e vedremo di accontentarla. Se si diletta di arte (per esempio pittura, scultura, musica), abbiamo un settore artistico. »

« Credo di non avere nessun talento, da quel lato. »

« Ebbene vi sono tanti altri passatempi: trattenimenti, giochi, campi di tennis. Di solito le persone impiegano una o due settimane per ambientarsi, le mogli specialmente. I mariti hanno il lavoro che li tiene occupati e possono dedicare poco tempo alle loro compagne e, a volte, prima che queste trovino la persona che abbia con loro una qualche affinità spirituale, passano alcuni giorni. »

« Ma... è qui che si sta? »

« Non la capisco, signora Betterton. »

« Voglio dire se si sta qui, oppure si va da qualche altra parte. »

« Ah! » fece il dottor Nielson vagamente. « Ciò dipende da suo marito. Sì, certo, ciò dipende in gran parte da lui. Ci sono possibilità, varie possibilità. Ma non è questo il momento di parlarne. Io suggerirei che lei... ebbene, diciamo fra tre settimane, venga a trovarmi. Mi dirà come si è sistemata e riparleremo un po'. »

« Non si esce mai di qui? »

« Uscire, signora Betterton? »

« Sì, andar fuori, oltre i cancelli. »

« Una domanda che viene naturale di fare, ma, vede, il nostro Centro è un mondo a sé. Non c'è ragione, se così posso dire, di andar fuori. D'altronde intorno c'è soltanto deserto. Non la biasimo, signora Betterton. Molta gente prova un senso di claustrofobia, arrivando qui, ma posso assicurarle che passerà. È uno strascico che si porta dal vecchio mondo, da quel malvagio vecchio mondo che ha lasciato. Qui avrà gli agi, uno scopo, e tempo, molto tempo. Un paradiso terrestre, le assicuro. »


## XIII

« Sembra d'essere a scuola » osservò Hilary.

Era tornata nel suo appartamento dove l'attendevano gli abiti e gli accessori che aveva scelto, e si stava accingendo a riporre ogni cosa.

« Sì » ribadì Betterton « anch'io ebbi quell'impressione arrivando. »

Il timore di un microfono installato da qualche parte, li rendeva molto guardinghi e perciò cercavano di mantenere la conversazione su un tono superficiale. Lui continuò:

« Ma si trattava semplicemente di una impressione. Tuttavia... »

Lasciò la frase in sospeso e Hilary capì che aveva voluto dire: « Tuttavia meglio stare in guardia ».

La faccenda assumeva sempre più, per Hilary, la natura dell'incubo. Eccola qui a dividere la stanza con uno sconosciuto, e tuttavia il senso di pericolo era così forte che nessuno dei due appariva minimamente turbato da quella intimità forzata.

« Capisco che ci voglia un po' di tempo per abituarsi » disse Betterton, dopo qualche attimo di silenzio, « ma non vedo perché non dovremmo comportarci, più o meno, come se fossimo ancora a casa nostra. »

Lei apprezzò la saggezza di quella riflessione. Certo quel senso di irrealtà non sarebbe scomparso tanto presto, né c'era da sperare di poter chiarire, in breve, le ragioni che avevano indotto Betterton a lasciare l'Inghilterra. Restava il fatto che, attualmente, erano due persone sulle quali pesava, nella stessa misura, un'indefinibile minaccia.

« Sono stata sottoposta a un sacco di formalità di vario genere » disse Hilary. « Anche per te fu così? »

« Più o meno. »

« Ho conosciuto il vice direttore. »

« È lui che dirige questo posto. Un uomo abile e, come amministratore, molto capace. »

« Ma lui non è veramente il capo! »

« Oh, no, c'è un direttore. »

« Dovrò vederlo? »

« Prima o poi immagino di sì. Ma non si mostra spesso. Di quando in quando tiene un discorso. »

Hilary notò che Betterton aveva le ciglia lievemente aggrottate e ritenne saggio abbandonare l'argomento.

Betterton disse, guardando l'orologio: « Il pranzo è dalle otto alle otto e mezzo. Sarebbe meglio scendere, se sei pronta ».

Hilary aveva indossato l'abito che aveva scelto: una

delicata gradazione di grigio-verde che metteva in risalto i suoi capelli rossi. Si allacciò una graziosa collana e disse che era pronta. Quando entrarono in sala da pranzo, la signorina Jensson si fece loro incontro.

« Vi ho sistemati in una tavola un po' più grande, Tom » disse a Betterton. « Ci saranno con voi due dei nuovi arrivati che hanno viaggiato con sua moglie, e i Murchison, naturalmente. »

La sala era ampia e conteneva, per la maggior parte, tavoli a quattro. Andy Peters e Ericsson erano già seduti al tavolo assegnato a Tom, e si alzarono quando lui e la moglie furono vicini. Hilary presentò il *marito* ai due uomini. Quasi subito li raggiunse un'altra coppia. Betterton li presentò a sua volta come dottor Murchison e signora.

« Io e Simon lavoriamo nello stesso laboratorio » spiegò Tom.

Simon Murchison era un ragazzo magro, dall'aspetto anemico e dell'apparente età di ventisei, ventisette anni. Sua moglie era bruna e massiccia. Dall'accento Hilary dedusse che dovesse essere italiana. Si chiamava Bianca. Si mostrò educata, ma il suo tono era freddo.

« Domani » disse a Hilary « le mostrerò il posto. Lei non è una scienziata, vero? »

« No, non lo sono » e aggiunse: « Lavoravo come segretaria prima di sposarmi ».

« Bianca ha studiato economia » disse suo marito. « Qualche volta tiene delle conferenze qui, ma è difficile trovare il modo per occupare il tempo. »

« Sto studiando le condizioni ambientali. Forse lei, signora Betterton, potrà aiutarmi. »

Hilary si affrettò ad acconsentire. Peters fece ridere tutti dicendo:

« Mi sembra di essere un ragazzino nostalgico, appena arrivato in collegio. Sarò felice di mettermi subito al lavoro. »

« È un posto meraviglioso per lavorare » esclamò Murchison con entusiasmo. « Nessuna interruzione e tutti gli impianti che le servono. »

« Qual è il suo ramo? » gli chiese Peters.

I tre uomini si addentrarono in un argomento che

Hilary non riusciva a seguire facilmente. Si rivolse al dottor Ericsson.

« E lei? » gli chiese. « Anche lei si sente come un ragazzino malato di nostalgia? »

Lui la guardò, e il suo sguardo pareva venire da lontano.

« Non ho bisogno di una casa » disse. « Casa, genitori, figli, legami sentimentali, non sono che ostacoli. Per lavorare uno deve essere libero. »

« E ha la sensazione che qui sarà libero? »

« Non si può dire ancora. Si spera. »

Bianca si rivolse ad Hilary.

« Di sera ci sono diversi passatempi fra i quali può scegliere. C'è una sala da gioco, se le piace giocare a bridge; c'è un cinema e, tre volte la settimana, delle rappresentazioni. Occasionalmente si balla. »

Ericsson disse, con tono di disapprovazione:

« Tutte cose inutili. Uno spreco di energia superfluo. »

« Per noi donne sono cose necessarie » ribatté Bianca.

« Andrò a letto presto » annunciò Hilary, sbadigliando deliberatamente. « Non ho voglia di vedere un film o di giocare a bridge, questa sera. »

« Sì, cara » intervenne Betterton « molto meglio che tu vada a letto presto e ti prenda una buona notte di riposo. Hai avuto un viaggio pesante, ricordalo. » Poi, alzandosi da tavola, soggiunse:

« Qui, di notte, l'aria è meravigliosa. Noi, dopo pranzo, facciamo solitamente un giro nel giardino pensile. Andremo a far due passi lassù prima di coricarci. »

Salirono con un ascensore manovrato da un indigeno, vestito alla foggia locale. Hilary rimase incantata dalla straordinaria bellezza di quel giardino. C'erano piante rare, palme alte, cascate d'acqua e sentieri lastricati con mattonelle variopinte che formavano bellissimi disegni floreali. Il risultato era un giardino degno delle *Mille e una notte*, che doveva essere costato un patrimonio.

« È incredibile! » disse Hilary « Nel mezzo del deserto! Sembra un racconto di fate. »

« Sono del suo parere signora Betterton » disse Murchison. « Che vuole, quando ci sono acqua e danaro in quantità, penso che, anche in un deserto, non ci sia nulla che non si possa fare. »

« L'acqua da dove viene? »

« Dalle viscere della montagna. Questo costituisce la *ragione d'essere* del nostro Centro. »

A poco a poco la gente rientrava. Anche i Murchison si scusarono. Volevano andare a vedere un balletto. Non erano rimaste che poche persone.

Betterton prese Hilary per un braccio e la guidò verso uno spiazzo, vicino al parapetto. Ora l'aria era fredda e pungente. Hilary sedette sul muretto e Betterton restò davanti a lei in piedi. Erano soli.

« Ora mi dica » l'apostrofò lui con voce bassa e nervosa « *chi diavolo è?* »

Prima di rispondere, lei aveva, a sua volta, qualcosa da chiedergli.

« Perché mi ha riconosciuta come sua moglie? »

Si guardarono negli occhi. Nessuno di loro voleva essere il primo a parlare. Fu un duello silenzioso, ma Hilary capì di essere la più forte. Forse perché a lui mancava, ora, quella fiducia che nasce dal sentirsi padroni della propria vita.

Distolse lo sguardo da lei e con fare scontroso borbottò:

« Fu solo un impulso. Probabilmente non sono stato che un maledetto stupido a immaginare che qualcuno l'avesse mandata per portarmi via di qui. »

« Lei vuole andarsene da questo posto? »

« Mio Dio! E me lo chiede? »

« Come è arrivato fin qui, da Parigi? »

Betterton scoppiò in una breve risata sarcastica.

« Non sono stato rapito, se è questo che pensa. Sono venuto di mia volontà, entusiasticamente. »

« Sapeva che questa era la sua destinazione. »

« Non sapevo che sarei venuto in Africa, ma per il resto fui adescato con la solita formula. Pace, libero scambio dei segreti fra tutti gli scienziati del mondo, soppressione dei capitalisti e dei guerrafondai. »

« E quando è arrivato qui non è stato come dicevano? »

Di nuovo l'uomo rise amaramente.

« Forse lo è stato, più o meno. Soltanto non come uno s'immagina. Non è *libertà*. »

Sedette di fianco a lei.

« È la stessa cosa che mi aveva demoralizzato al mio paese, capisce. La sensazione di essere continuamente sorvegliato e spiato. Le misure di sicurezza. Dover rendere conto di ogni atto, dei propri amici. È tutto necessario, non dico di no, ma, vede, alla fine non ne puoi più. E così quando qualcuno ti fa una proposta lo stai ad ascoltare. Suona bene. » Rise ancora sarcasticamente. « E finisci qui! »

« Vuole dire che si è ritrovato nelle medesime situazioni dalle quali aveva cercato di evadere? Anche qui è sorvegliato e spiato come là, o peggio? »

Betterton si passò nervosamente una mano sui capelli.

« Non lo so » disse. « Onestamente non lo so. Non ne sono sicuro. Potrebbe anche essere la mia immaginazione. Perché dovrei essere sorvegliato? Mi hanno qui, in prigione. »

« Non è come si aspettava? »

« Questa è la cosa più strana. Le condizioni di lavoro sono perfette. Tutte le agevolazioni, tutti gli apparecchi, i comfort, gli accessori. Puoi lavorare poco o molto. Avere cibo, indumenti, alloggio, tuttavia non ti abbandona mai la consapevolezza di essere in un reclusorio. »

Betterton fece una pausa, poi continuò: « Ho risposto alle sue domande, ora tocca a lei. Che cosa fa qui nei panni di Olive? ».

« Olive... » Hilary si fermò per cercare le parole adatte.

« Sì, cosa ne è di Olive? Cosa le è successo? »

Quel volto segnato, nervoso, che le stava dinanzi le faceva pena.

« Sono spiacente, terribilmente spiacente. Sua moglie è morta. S'era messa in viaggio per raggiungerla e l'aereo è precipitato. Morì all'ospedale, due giorni dopo il suo arrivo a Casablanca. »

Betterton sembrava deciso a non mostrare nessuna emozione. Guardando fisso davanti a sé, disse semplicemente: « Ho capito. Così Olive è morta! ».

Ci fu un lungo silenzio, poi l'uomo parlò di nuovo.

« Bene, possiamo proseguire. Lei ha preso il suo posto ed è venuta qui. Perché? »

Questa volta Hilary aveva la risposta pronta. Tom Betterton aveva creduto che lei fosse stata mandata per liberarlo, così aveva detto, ma le cose non stavano a quel modo. La sua posizione, lì, era quella di una spia. Tuttavia, al momento, lei era prigioniera tanto quanto lo era lui.

Dirgli tutto sarebbe stato pericoloso. Era troppo vicino a un collasso. Da un momento all'altro i suoi nervi avrebbero potuto cedere e, in quelle condizioni, sarebbe stata una pazzia credere che potesse tenere un segreto. Disse:

« Ero all'ospedale con sua moglie quando morì. Sembrava terribilmente ansiosa di farle pervenire un messaggio, così le promisi che avrei tentato di raggiungerla. » Proseguì rapidamente per non lasciargli il tempo di riflettere sulla fragilità del racconto.

« Non è così incredibile come può sembrare. Simpatizzavo anch'io con tutte quelle idee di cui ha parlato giusto poco fa. Ero anch'io un'entusiasta. Il fatto poi d'avere gli stessi capelli, pressappoco la stessa età di Olive, mi ha spinto a tentare l'avventura. Mi sembrava che ne valesse la pena. Poi sua moglie era trepidante per quel messaggio. »

« Già, il messaggio. Che messaggio? »

« Voleva avvertirla di stare attento ad un certo Boris, diceva che lei era in pericolo. »

« Boris? Allude a Boris Glydr? »

« Appunto. Lo conosce? »

Lui fece segno di no con la testa.

« Non l'ho mai visto, ma lo conosco di nome. È un parente della mia prima moglie. »

« Perché dovrebbe essere pericoloso? »

« Come dice? »

Hilary ripeté la domanda.

« Oh, questo! » Betterton sembrava come assente col pensiero. « Non so perché dovrebbe essere pericoloso per *me*, ma effettivamente è un tipo di cui è meglio non fidarsi. »

« In che senso? »

« Be', è uno di quegli idealisti un po' tocchi che sarebbero felici di far fuori mezza umanità, se per qualche ragione a loro sembrasse una cosa ben fatta. »

« Credo di conoscere il genere. »

« Olive l'aveva visto? Cosa le ha detto? »

« Non posso dirle nulla di più. Parlò di pericolo. Ecco disse anche *che non poteva crederlo.* »

« Credere che cosa? »

« Non so. » Esitò un attimo poi aggiunse: « Sa... stava morendo ».

« Capisco, capisco. Mi abituerò all'idea. Per ora non riesco ancora a convincermene. Quello che non mi spiego è la storia di Boris. Come potrebbe minacciarmi *qui.* Se vide Olive, vuol dire che era a Londra, immagino. »

« Sì, era a Londra. »

« Allora non capisco. Ebbene cosa importa? Cosa può importare isolati come siamo in questo maledetto posto dal quale non potremo mai più uscire? » Picchiava col pugno chiuso sul muretto.

« Oh, sì che lo possiamo » disse Hilary.

Lui si voltò sorpreso a guardarla.

« Troveremo un modo » ribatté lei.

« Mia cara ragazza » la sua voce era sprezzante « non ha la minima idea di cosa sia questo luogo. »

« Durante la guerra molta gente è fuggita dai posti più difficili. Scavando gallerie. »

« Come può scavare gallerie attraverso la roccia? E poi? C'è il deserto tutt'intorno. »

« Allora ci sarà un altro modo. »

La sua fiducia era più che altro frutto di ostinazione. Betterton la guardava stupito.

« Sa che lei è straordinaria? Si direbbe che si sente sicura. »

« C'è sempre un modo. Certo richiederà molto tempo e preparazione. »

Il viso di Betterton si rabbuiò di nuovo.

« Tempo » disse « proprio quello che mi manca. »

« Perché? »

« Non so se potrà capirmi, ma è così. Non posso lavorare qui, non posso proprio. »

« Che vuole dire? »

« Come posso spiegarle? Non riesco a lavorare. Non mi riesce di *pensare*. Per esercitare le forze della mente è necessario concentrarsi. Buona parte del nostro lavoro è *creativo*. Ebbene da quando sono qui, vede, ho perduto l'estro. Posso applicarmi, tutt'al più, â del lavoro sperimentale, un lavoro che qualunque scienziato da due soldi può fare. Ma non sono stato portato qui per questo. Si aspettano ben altro da me. Io lo so e ciò mi rende ancor più nervoso e spaventato, e finisce per scombinarmi del tutto. Se deludo la loro aspettativa questa gente è capace di liquidarmi. »

« Oh, no! »

« Oh, sì, lo faranno. Ciò che mi ha salvato, finora, è stata l'operazione di plastica al viso. Hanno dovuto farla in diverse riprese e, naturalmente, non potevano aspettarsi molta applicazione da un uomo in quelle condizioni. Ma ora è completata. »

« E qual era lo scopo di tale operazione? »

« Motivi di sicurezza. La mia sicurezza, intendo. Lo fanno quando uno è ricercato. »

« Ma lei non è un ricercato. »

« È qui che si sbaglia. »

« Per tradimento? Vuol dire che ha venduto loro dei segreti? »

« Non ho venduto nulla. Ho ceduto gratis tutto ciò che sapevo sulle nostre ricerche. L'ho fatto spontaneamente, deve credermi. Faceva parte di tutto il montaggio, il *pool* delle cognizioni scientifiche. Riesce a capire? »

Certo, capiva. Anche Andy Peters avrebbe fatto come lui, e Ericsson. Le sembrava di vedere gli occhi di quest'ultimo. Occhi da sognatore fanatico, pronto a tradire il suo paese con entusiasmo.

« Se ne sono andati tutti » disse Betterton guardandosi nervosamente attorno. « Faremmo meglio a rientrare. »

Hilary si alzò.

« Dovremo continuare la commedia. Intendo dire che lei dovrà continuare ad essere mia moglie. »

« Questo è evidente. »

« E anche spartire la stanza. Ma sarà tutto corretto. Non deve temere nulla. »

*Come è bello*, pensava Hilary guardando il suo profilo, *e tuttavia come mi lascia fredda.*

« Non credo che siano cose di cui preoccuparsi » disse poi. « La sola cosa importante è uscire vivi da qui. »

## XIV

In una stanza dell'*Hôtel Mamounia*, a Marrakech, Jessop stava parlando con la signorina Hetherington. Una Hetherington diversa da quella che aveva conosciuto Hilary a Casablanca e a Fez. L'apparenza era la stessa, l'acconciatura anche, ma i modi erano diversi. Questa era una donna dall'aria molto più attiva e accorta, oltre che più giovane.

C'era una terza persona nella camera. Un uomo corpulento, bruno, con gli occhi intelligenti. Accennava, in sordina, una canzone francese, accompagnandosi con le dita sul tavolo.

« ... e per quanto ne sa » stava dicendo Jessop « queste sono le uniche persone con le quali parlò a Fez? »

Janet Hetherington annuì.

« C'era quella Calvin Baker che avevamo già incontrato a Casablanca. A dire il vero, non mi spiego perché quella donna abbia fatto tanta amicizia con me e con Olive Betterton. Ma sa, le americane sono cordiali, attaccano facilmente discorso con la gente in albergo, vanno in gita in comitiva. »

« Sì, ma tutto questo è un po' troppo scoperto per quello che noi andiamo cercando. »

« E inoltre » proseguì Janet Hetherington « era anche *lei* su quell'apparecchio. »

« Insomma lei vuole dire » ribatté Jessop « che la catastrofe fu progettata. » Voltò la testa verso l'altro uomo e chiese: « Qual è il suo parere, Leblanc? ».

« *Ça se peut* » fece quest'ultimo. « Potrebbe essere stato un atto di sabotaggio a far precipitare l'aereo. Non lo sapremo mai. L'apparecchio si incendiò e tutte le persone a bordo perirono. »

« Sa nulla del pilota? »

« Un giovane capace. Pagato male. Null'altro. »

Jessop osservò:

« Perciò pronto ad accettare delle offerte migliori, ma non, necessariamente, candidato al suicidio. »

« Le salme erano sette » specificò Leblanc. « Carbonizzate, irriconoscibili, ma sette di numero. Di qui non si scappa. »

Jessop si volse di nuovo verso Janet Hetherington. « Diceva? »

« A Fez c'erano anche tre famiglie francesi con le quali la signora Betterton scambiò qualche parola. E un ricco magnate dell'industria, monsieur Aristide. »

« Ah! » fece Leblanc. « Quel tipo da favola. Mi piacerebbe sapere cosa si prova a possedere tanto denaro. Io vorrei avere cavalli da corsa, donne, e tutto ciò che il mondo può offrire. Invece il vecchio Aristide si chiude nel suo castello in Spagna. Non è una figura retorica, è un vero castello in Spagna, *mon cher*, e fa collezione di porcellane cinesi. »

« C'erano anche alcuni tedeschi a Fez » riprese Janet Hetherington « ma per quanto mi risulta, Olive Betterton non s'è mai intrattenuta con loro. »

« Ha detto che andò da sola nella città vecchia? » domandò Jessop.

« Ci andò con una guida regolare. Potrebbe avere avuto qualche contatto in quell'occasione. »

« E quella Calvin Baker prese, improvvisamente, la decisione di accompagnare Olive a Marrakech. » Jessop si era alzato e camminava avanti e indietro. « Prese quell'aereo e l'aereo si incendiò. Si direbbe che porta scalogna chiamarsi Olive Betterton, quando si viaggia in aereo. Prima Casablanca, poi questo. È stato un incidente effettivo o una macchinazione? D'altronde, se qualcuno desiderava liberarsi di Olive Betterton, poteva ricorrere a sistemi più semplici, direi. »

« Chi lo sa? » fece Leblanc. « Quando si è raggiunto quello stato mentale per cui la vita degli esseri umani non conta più, se risulta più semplice mettere un pacchetto di esplosivo su un aereo, che non seguire un individuo per trucidarlo, allora si mette il pacchetto. Il fatto che altre sei persone ci lascino la pelle non viene nemmeno preso in considerazione. »

« D'accordo » disse Jessop. « Tuttavia, penso ancora che potrebbe esserci una terza soluzione. Che, cioè, qualcuno abbia inscenato il disastro. »

« Sì. Potrebbero avere atterrato e poi dato fuoco all'apparecchio, ma non può trascurare, mio caro Jessop, la presenza di quei sette corpi carbonizzati. »

« Lo so. Questo è infatti lo scoglio, e può darsi benissimo che le mie siano solo supposizioni. Però sento che è un finale troppo chiaro, troppo deciso, per essere convincente. Apparentemente non ci resterebbe che fare una croce sull'incartamento, giacché non abbiamo più alcuna traccia. Mi dica, Leblanc, ha fatto eseguire quelle ricerche? »

« Sono in corso già da due giorni, e gli uomini sono abili. Ma il luogo del disastro è molto isolato. A proposito, non era sulla rotta che l'aereo avrebbe dovuto seguire. »

« Molto significativo » rimarcò Jessop. « Vogliamo dare ancora un'occhiata alla lista dei passeggeri? »

Il francese allungò una mano, prese un foglio da un contenitore, e lo pose davanti al suo collega. Insieme lo guardarono.

« Signora Calvin Baker, americana. Signora Betterton, inglese. Torquil Ericsson, svedese. A proposito, cosa sa di costui? »

« Nulla che mi venga in mente » disse Leblanc. « Era giovane, non più di ventisette, ventott'anni. »

« Conosco questo nome » disse Jessop corrugando la fronte. « Mi pare... anzi sono quasi sicuro che tenne una lettura davanti alla Società Reale. »

« Poi c'è la *religiosa* » riprese Leblanc girando il foglio. « Una certa Suor Maria. Andrew Peters, anche lui americano. Il dottor Barron. Questo è un nome celebre, *le docteur Barron*. Un uomo di grande talento. Un esperto nelle malattie da virus. Altro uomo pagato male e scontento. »

Il telefono squillò e Leblanc sollevò il ricevitore.

« *Allo? Qu'est ce qu'il y a?* Bene, fatelo salire. » Si voltò verso Jessop, col viso improvvisamente ravvivato. « Uno dei miei uomini a rapporto » disse. « Hanno trovato qualche cosa. *Mon cher collègue*, il suo ottimismo potrebbe anche essere giustificato. »

Dopo pochi minuti entrarono nella stanza due uomini. Il primo rassomigliava vagamente a Leblanc, lo stesso tipo bruno, dall'aria intelligente. Aveva un abito tutto macchiato e polveroso. L'altro era un indigeno, che si guardava curiosamente intorno mentre il suo compagno parlava, rapidamente, in francese.

« Abbiamo promesso un premio » spiegava l'uomo « e questo indigeno, con tutti i familiari e molti amici, ha perlustrato accuratamente la zona. Gli ho chiesto di venire a portarvi quello che ha trovato, nel caso voleste fargli qualche domanda. »

Leblanc si rivolse al berbero.

« Ha fatto un ottimo lavoro » gli disse, parlandogli nella sua lingua. « Ha degli occhi da falco. Vuole mostrarci cosa ha trovato? »

Da una piega della veste l'indigeno trasse qualcosa di piccolo e rotondo che depose sul tavolo, davanti al francese. Era una perla sintetica abbastanza grossa di un colore grigio-rosa.

« È uguale a quella che ha mostrato a me e agli altri » disse.

Jessop prese la perla e la rimirò insieme a un'altra, esattamente identica, che aveva tirato fuori dal taschino. Si avvicinò poi alla finestra e si mise a esaminarle entrambe con l'aiuto di una lente.

« Sì » dichiarò « il segno c'è ». La sua voce era giubilante. Tornò verso il tavolo esclamando: « Brava ragazza, brava! ».

Frattanto Leblanc parlava fitto fitto col berbero. Alla fine si voltò verso Jessop.

« Chiedo scusa, *mon cher collègue*, questa perla fu trovata alla distanza di circa mezzo miglio dalla carcassa dell'aereo. »

« La qual cosa dimostra » replicò Jessop « che Olive Betterton è sopravvissuta e, sebbene sette persone abbiano lasciato Fez e altrettanti cadaveri siano stati trovati, uno di quei cadaveri non era il *suo*. »

« Estenderemo le ricerche » disse Leblanc. Si rivolse di nuovo all'uomo di colore, che sorrideva con aria contenta. Poi lui e il suo compagno se ne andarono. « Ho promesso che saranno ben ricompensati » riprese Leblanc « e ci sarà una vera caccia alle perle in tutta la regione. Quella gente ha degli occhi di lince, e la voce che c'è un premio in palio si spargerà in un baleno. Credo proprio, *mon cher collègue*, che arriveremo a qualche risultato, sempre che la donna non sia stata osservata. »

Jessop scosse la testa.

« Il fatto che una collana di perle artificiali si spezzi, non è inverosimile. D'altronde, perché avrebbero dovuto sospettare qualcosa? Lei è Olive Betterton, ansiosa di raggiungere il marito. »

« Dobbiamo riesaminare questa faccenda sotto una nuova luce » disse Leblanc e trasse a sé la lista dei passeggeri. « Olive Betterton. Dottor Barron. Almeno due passeggeri che possono essere andati nella stessa direzione, qualunque essa sia. Calvin Baker: l'americana. Per questa dovremo stare a vedere. Torquil Ericsson: mi ha detto che lesse delle carte davanti alla Società Reale. L'americano Peters: sul passaporto risultava chimico. La religiosa: potrebbe essere un ottimo travestimento. In definitiva un carico di persone, provenienti da luoghi diversi, che viaggiavano proprio su quell'aereo, in quel particolare giorno. Poi l'aereo s'incendia e dentro si trova il numero richiesto di corpi bruciati. Quello che vorrei sapere è come possono aver fatto. »

« Già. Un tocco finale convincente » disse Jessop. « Ma ora noi sappiamo che sei o sette persone hanno iniziato un nuovo viaggio e sappiamo, anche, qual è il loro punto di partenza. Ora che si fa? Andiamo sul luogo? »

« Precisamente. Bisogna procedere. Se non sbaglio, ora che siamo sulla buona pista, altre prove verranno alla luce. »

Furono necessari molti calcoli. La velocità approssimativa della macchina, la probabile distanza alla quale avrebbe dovuto fare rifornimento, i possibili villaggi dove i viaggiatori avrebbero potuto pernottare. Le tracce erano molte e confuse, spesso portavano a delusioni, ma di quando in quando c'erano anche risultati positivi.

« *Voilà, mon capitaine!* Una ricerca nelle latrine, come ha ordinato. In un angolo è stata trovata una perla nascosta in un pezzetto di gomma da masticare. Il proprietario della casa dapprima ha negato, poi ha confessato. Sei persone, a bordo di un autocarro, hanno pernottato da lui. Dissero di appartenere a una spedizione archeologica tedesca. Lo pagarono molto bene. Alcuni bambini nel villaggio di El Kaif hanno trovato altre due perle. Ora conosciamo la direzione. C'è di più, *monsieur le capitaine*. Questo berbero ha visto la mano di Fatima, proprio come lei aveva predetto. »

« Ero col mio gregge » raccontò il berbero « di notte, e sentii sopraggiungere una macchina. Mi passò davanti, e vidi quella mano. Era disegnata su un lato e splendeva nell'oscurità. »

« L'applicazione di fosforo su un guanto può essere molto efficace » mormorò Leblanc. « Mi congratulo con lei per l'idea. »

« Efficace ma pericolosa » ribatté Jessop. « È facile che gli stessi fuggitivi finiscano col notarla, se, per esempio, scendono dalla macchina in un luogo buio. »

Il mattino seguente furono portate a Leblanc altre tre perle disposte a triangolo e tenute insieme sempre da un pezzetto di gomma da masticare.

« Questo dovrebbe significare » disse Jessop « che la tappa seguente fu fatta per via d'aria. »

« Esatto » fece Leblanc. « Sono state trovate in un aeroporto fuori uso in una località deserta. C'erano tracce recenti di un aereo che aveva preso terra e, successivamente, era decollato. Tutto ciò, purtroppo, ci conduce nuovamente a un punto morto, e non sappiamo dove ritroveremo il filo. »

# XV

*È incredibile*, pensava Hilary, *che siano già trascorsi dieci giorni! Ma la cosa più spaventosa è il dover costatare la facilità estrema con la quale ci si abitua.* Ricordava che una volta, in Francia, le avevano mostrato uno strumento di tortura medievale, una gabbia di ferro nella quale il prigioniero non poteva stare né in piedi, né seduto, né sdraiato. La guida le aveva poi raccontato che l'ultimo uomo confinato in quella gabbia ci aveva vissuto per diciotto anni e, dopo che era stato liberato, erano passati altri vent'anni prima che morisse di vecchiaia. *Lo spirito di adattamento*, pensava Hilary, *è ciò che differenzia l'uomo dall'animale.*

Lei stessa, durante i primi giorni, aveva provato un panico cieco, un terribile senso di carcerazione, e il fatto di essere circondata dal lusso, invece che attenuare quella sensazione, la rendeva, in qualche modo, più tremenda. Tuttavia, già dopo una settimana, aveva cominciato, insensibilmente, ad accettare come naturali quelle condizioni di vita. Sembrava sempre un sogno, ma, al momento, era presente in lei la sensazione che quel sogno potesse durare molto tempo ancora, forse tutta la vita.

Ciò che la interessava di più erano le reazioni delle altre persone giunte lì assieme a lei. Vedeva Helga Needheim raramente, all'infuori dei pasti. Apparentemente sembrava felice e soddisfatta. Era il tipo di donna completamente assorta nel lavoro, e sostenuta dalla sua naturale arroganza. Il primo punto del credo di Helga Needheim era la superiorità sua e dei suoi colleghi scienziati. Lei stessa si riteneva parte di una razza superiore, e aveva l'aria di considerare il resto dell'umanità come degno soltanto di servaggio.

Il dottor Barron era più intelligente. Hilary aveva, occasionalmente, avuto con lui qualche breve conversazione. Le era sembrato molto assorto nel lavoro, soddisfatto delle condizioni nelle quali questo si svolgeva, ma aveva capito che la sua mente, inquisitiva, lo portava a studiare e a ponderare l'ambiente che lo circondava.

« Non è quello che mi aspettavo. Francamente no » le aveva detto un giorno.

« Non ha trovato la libertà che cercava? » scandagliò Hilary.

« No » disse « si sbaglia. Io non cercavo veramente la libertà. Appartengo agli uomini civilizzati e costoro sanno che essa non esiste. Solo le nazioni più giovani e immature pongono la parola *Libertà* sulla loro bandiera. Ciò che necessita all'umanità è un'ossatura di sicurezza. L'essenza della civilizzazione mostra che la via giusta è quella di mezzo. No, voglio essere franco con lei. Io sono venuto qui per danaro. »

Hilary a sua volta sorrise:

« E a cosa le serve il danaro, qui? »

« Ho a disposizione un laboratorio fornito degli impianti più costosi. Non sono costretto a spendere di tasca mia, e posso, così, servire la causa della scienza e soddisfare la curiosità del mio intelletto. Io amo il lavoro per se stesso, è la pura gioia della ricerca che mi attrae. Del resto, una notevole somma di denaro mi è stata pagata prima di lasciare la Francia. È depositata in banca, al sicuro, sotto un altro nome, e quando questa avventura finirà potrò spenderla come più mi piace. »

« Quando finirà quest'avventura? » ripeté Hilary. « Perché dovrebbe finire? »

« Bisogna servirsi del buon senso » riprese il dottor Barron. « Nulla può durare in eterno. Sono venuto alla conclusione che questo posto è diretto da un pazzo. Un pazzo, mi creda, può anche essere molto logico. Se è ricco, e logico, e pazzo, può riuscire a vivere lungamente nella sua illusione. Ma alla fine qualcosa deve franare. Lei capisce che non è ragionevole quanto avviene qui. Nell'attesa mi si addice a meraviglia. »

Torquil Ericsson sembrava assolutamente pago e soddisfatto della situazione. La sua sembrava una visione molto soggettiva e unilaterale della vita. Il mondo nel quale viveva era così estraneo a Hilary che non poteva capirlo. La strana, impersonale crudeltà del suo carattere la spaventava. Era il tipo d'uomo capace di mandare a morte tre quarti dell'umanità, purché l'altro quarto potesse partecipare ad una Utopia che esisteva soltanto nella sua mente.

Con l'americano, Peters, Hilary si trovava più in armonia. Forse perché era un uomo di talento, ma non un genio. Da quanto aveva sentito dire, sembrava si trattasse di un individuo molto abile e accurato nel lavoro, ma non di un pioniere. Anche lui aveva, fin da principio, temuto quell'ambiente.

« La verità è che non sapevo dove ero diretto. Credevo di saperlo, ma sbagliavo » aveva detto un giorno a Hilary. « Il partito non ha niente a che fare con questo posto. Non abbiamo a che fare con Mosca. Non si riesce a capire da chi può essere organizzata tutta questa messinscena. Forse dai fascisti. »

« Non trova sia inutile la ricerca di una denominazione? »

« Forse ha ragione. Quello che so, di certo, è che voglio andarmene di qui, e intendo riuscirci. »

« Non sarà facile » mormorò Hilary.

« È chiaro che non lo sarà, ma nulla è impossibile. »

« Non immagina che piacere mi faccia sentirla parlare così » gli bisbigliò Hilary.

Peters la guardò con simpatia. Stavano passeggiando, dopo cena, vicino alle mormoranti fontane del giardino pensile.

« Comincia a essere demoralizzata? »

« Parecchio. Ma non è questo che mi spaventa. »

« No? Cosa, allora? »

« La paura di abituarmi. »

« Capisco quel che vuole dire » mormorò meditabondo. « Credo che abbia ragione. C'è effettivamente, nell'aria, una specie di suggestione collettiva. »

« Troverei più naturale che la gente si ribellasse » soggiunse Hilary.

« Ho pensato la stessa cosa, e mi sono perfino chiesto se per caso non abbiano messo in opera qualche sortilegio. »

« Sortilegio? »

« Ebbene, per dirlo in parole povere, qualche droga. »

« Lo crede possibile? »

« Perché no? Qualcosa nei cibi o nelle bevande. Qualcosa che disponga, diciamo, alla docilità. »

« Ma esiste una droga simile? »

« Son tanti i sedativi e gli stupefacenti in uso. Però, non so dirle se esista qualcosa che possa essere adoperata in continuità, senza perdere di efficacia. In verità, sono più propenso a credere che l'effetto venga prodotto mentalmente. Mi spiego. Io sono convinto che alcuni degli organizzatori e amministratori di questo Centro siano ben versati in ipnotismo e psicologia e che, senza darne l'impressione, con l'aria di farci rilevare il benessere di cui godiamo, l'importanza della nostra missione, eccetera, ci tengano in uno stato di suggestione del quale noi stessi non ci rendiamo conto. Se usato da gente che sa il fatto suo, questo è un sistema che può dare notevoli risultati. »

« Ma noi non dobbiamo, neppure per un attimo, ammettere che la nostra permanenza qui sia un bene. »

« Suo marito che ne pensa? »

« Tom? Io... non so. È tutto così complicato. »

Ci fu un silenzio.

Difficilmente avrebbe potuto raccontare a quell'uomo la sua incredibile avventura. Da dieci giorni conviveva con un estraneo. Entrambi avevano accettato l'accomodamento come un fatto inevitabile. Lei era un'imbrogliona e una spia, pronta a recitare qualunque parte ed assumere qualunque personalità. Tom Betterton... francamente non riusciva a capirlo. Di una sola cosa era certa e cioè che lui non accettava il suo destino con calma. Lungi dal trovar piacere nel suo lavoro, si dimostrava sempre più preoccupato della sua incapacità di concentrarsi. Più di una volta aveva ripetuto quanto le aveva detto quella prima sera.

« Non posso *pensare*. È come se tutto in me fosse inaridito. »

Hilary aveva concluso che Tom Betterton, essendo veramente un genio, aveva, più di chiunque altro, bisogno di libertà. Solo così era capace di creare. Anche verso di lei mostrava una assoluta indifferenza. Per lui non era una donna, neppure un'amica. Hilary dubitava perfino che avesse sofferto per la morte della moglie.

La sola cosa che lo preoccupava, incessantemente, era la relegazione. Ripeteva di continuo:

« Devo andarmeno di qui. Devo. Devo. Come potrò uscirne? »

In fondo era, più o meno, quello che aveva detto Peters, ma c'era una grande differenza fra i due modi. Peters aveva parlato come un uomo rabbioso e deluso, ma energico, sicuro di se stesso e deciso a mettere in atto tutte le sue risorse per conseguire lo scopo. La ribellione di Tom Betterton, invece, era quella di un uomo al colmo della resistenza, reso quasi pazzo dal bisogno di evadere.

Avrebbe voluto poter dire a Peters tutte queste cose. Se almeno avesse potuto dirgli: « Tom Betterton non è mio marito. Non so nulla di lui. Non posso aiutarlo perché non so cosa dire o fare ». Invece disse:

« Tom mi sembra diventato un estraneo. Non mi racconta nulla. Qualche volta penso che l'idea d'essere qui rinchiuso, confinato, finisca col farlo impazzire. »

« Non è impossibile » ammise Peters.

« Ma, mi dica... lei parla con tanta fiducia di una fuga da qui. Come *potremo* andare? Quali probabilità ci sono? »

« Non penso che potremo farlo domani o dopodomani, Olive. È una cosa che va studiata e progettata con cura. Sappiamo, tutti, di gente che è fuggita in condizioni che sembravano assolutamente pazzesche. Sono stati scritti tanti libri sulle fughe dalle prigioni tedesche. »

« La situazione era diversa. »

« Non nella sostanza. Dove c'è un'entrata, c'è un'uscita. Naturalmente sarebbe fuori luogo pensare al tunnel, qui. Saranno la perspicacia, la dissimulazione, l'inganno, ad averla vinta. Bisognerà recitare una parte, corrompere, ma alla fine si deve riuscire. Sono cose che richiedono di essere meditate e pensate lungamente, ma le dico questo: io uscirò di qui. »

« Non ne dubito » ammise Hilary, poi soggiunse: « ma io, come potrò? ».

« Certo, per lei è differente. »

Dapprima Hilary non capì cosa Peters avesse voluto

dire, poi se ne rese conto. Lei era venuta qui per unirsi all'uomo che amava. Avendo raggiunto questo obiettivo, la sua urgenza di fuggire non doveva poi essere così grande. Fu quasi tentata di dirgli la verità, ma un istinto di prudenza la fermò.

Lo salutò, augurandogli la buona notte, e se ne andò.

## XVI

« Buona sera, signora Betterton. »

« Buona sera, signorina Jensson. »

La ragazza magra, occhialuta, appariva come elettrizzata. Dietro le spesse lenti gli occhi le luccicavano.

« Ci sarà una riunione, stasera » disse. « Il *direttore in persona* parlerà. »

« Bene! » esclamò Andy Peters che stava lì vicino. « Non vedevo l'ora di vedere questo direttore. »

La signorina Jensson lo fulminò con uno sguardo.

« Il direttore è un uomo meraviglioso! »

Quando si allontanò, Peters fischiò.

« Mi sbaglio o quello era un atteggiamento da *Heil Hitler?* »

« Certo lo ricordava molto. »

« Nella vita, vede, il guaio è che non si sa mai dove si andrà a finire. Se avessi immaginato, lasciando il mio paese, pieno di sacro ardore per la fratellanza umana, che sarei andato dritto dritto a cacciarmi fra gli artigli di un dittatore... »

« Questo non lo sa ancora » ribatté Hilary.

« Lo fiuto nell'aria. »

« Oh » esclamò Hilary. « Che fortuna che lei si trovi qui! »

Peters la guardò in tono canzonatorio e lei arrossì.

« Vede lei è così carino e ordinario » disse Hilary come scusandosi.

« Guardi che nel mio paese la parola *ordinario* non ha il significato che ha da voi. Da noi vuol dire mediocre, insignificante. »

« Lei sa che non lo dicevo con quell'intenzione. »

114

« Voleva dire uomo normale, non è vero? È già saruta di geni? »

« Proprio così. E sa che la trovo cambiata da quando è qui? Ha perso quella sua vena di amarezza, di odio. »

Un'espressione sinistra apparve sul viso di Peters.

« Non ci conti troppo » disse. « È sempre presente sotto sotto. Posso ancora odiare. Ci sono cose, mi creda, che bisogna odiare. »

La riunione ebbe luogo, dopo pranzo, nella sala di lettura. Tutti i membri della comunità erano presenti.

L'uditorio non comprendeva il personale tecnico, vale a dire assistenti di laboratorio, i vari servizi personale, il corpo di ballo, e il piccolo gruppo di donne che prestava servizio al Centro.

Olive era seduta vicino a Betterton, con gli occhi fissi alla piattaforma sulla quale sarebbe dovuta apparire la mitica figura del direttore. Alle sue domande, atte ad informarsi della personalità di costui, Tom aveva risposto vagamente.

Dal modo referente col quale la signorina Jensson e altre donne parlavano di lui, Hilary se l'era raffigurato come un uomo alto, dalla barba dorata, avvolto in una specie di peplo bianco. Qualcosa di simile a un semidio.

Fu quindi non poco sorpresa quando vide entrare nella stanza un uomo bruno, piuttosto corpulento, di mezza età, che, con tutta calma, si diresse al suo posto. Era una persona priva, in apparenza, di qualsiasi caratteristica saliente. Si sarebbe potuto prendere per un commerciante. Non era facile capire quale fosse la sua nazionalità. Parlò loro in tre diverse lingue, usando alternativamente francese, tedesco e inglese, e sempre correttamente.

« Permettetemi, prima di tutto » cominciò « di dare il benvenuto ai nuovi colleghi che ci hanno raggiunti recentemente. »

Con poche parole rese poi omaggio a ciascuno di loro, quindi passò a parlare delle aspirazioni e della fede che animavano gli adepti, e delle finalità del Centro stesso.

Più tardi, Hilary cercò di ricordarne le parole, ma non ne fu capace. Forse perché non s'era trattato che di luoghi comuni e di espressioni logore.

Tuttavia, al momento, aveva provato, suo malgrado, una certa emozione. Il direttore parlava con molta semplicità. Per prima cosa parlò della gioventù, nelle cui mani sta il futuro dell'umanità. Poi proseguì:

« Ricchezza, prestigio, influenza sono state le forze del passato. Ma oggi il potere è nelle mani dei giovani. È nei cervelli. Nei cervelli degli scienziati. Dai loro laboratori può uscire la potenza distruttiva, applicabile su vasta scala. Con questo potere fra le mani noi possiamo dire: "Produci o perisci!". Questo potere, però, non deve essere monopolio di questa o quella nazione. Deve appartenere a coloro che lo creano. Questo Centro ha riunito uomini di tutte le parti del globo, uomini come voi, che avete portato qui le vostre conoscenze scientifiche e la vostra capacità creativa. E con voi portate la *gioventù*. Qui nessuno supera i quarantacinque anni di età. Quando il giorno verrà, noi creeremo un trust. Il trust dei cervelli della scienza. E saremo noi allora ad amministrare il mondo. Saremo noi a dare gli ordini ai capitalisti, ai re, agli eserciti, alle industrie. Noi daremo al mondo la *Pax Scientifica*. »

Il discorso continuò per un pezzo su questo tono, ma non era tanto la sostanza, quanto l'arte dell'oratore a trascinare un uditorio che, in circostanze meno anormali, sarebbe stato freddo e incline alla critica.

Quando il direttore, con una istrionica invocazione, chiuse lo sproloquio, Hilary era in preda a una specie di esaltazione. La stessa cosa poteva dirsi di tutti gli altri, a giudicare dall'espressione dei loro visi, e in particolare di Ericsson.

Mentre lasciava la sala, Andy Peters la trattenne per un braccio dicendole all'orecchio: « Andiamo su in giardino. Un po' d'aria ci farà bene ».

Quando furono all'aperto, fra le palme e sotto il cielo stellato, Peters respirò profondamente.

« Aria! » disse. « Questo ci vuole per spazzare via tutte le nubi di gloria. »

Hilary sospirò. Non riusciva a liberarsi da quel senso di irrealtà.

« Si svegli, Olive. » Peters la scuoteva amichevolmente per un braccio. « Torni sulla terra! Quando gli effetti del gas della gloria saranno passati, si accorgerà che non si trattava che della solita vecchia mistura. »

« Eppure l'ideale sembrava buono. »

« Al diavolo gli ideali. Consideri i fatti. Gioventù e cervelli. Gloria, gloria. Alleluia! E quali sono la gioventù e i cervelli? Helga Needheim: un'egoista spietata. Torquil Ericsson: un pazzo sognatore. Il dottor Barron che venderebbe la madre pur di procurarsi gli strumenti per le sue ricerche. Prenda me: un ragazzo qualunque, capace solo di usare le provette e il microscopio, ma privo di talento. Prenda suo marito. Sì, me lo lasci dire: un uomo con i nervi a pezzi, incapace di pensare ad altro che non sia la punizione che lo aspetta. E le ho parlato soltanto delle persone che conosciamo meglio, ma gli altri sono uguali. Alcuni di loro hanno veramente del genio, del talento, ma *amministratori dell'universo...* via, non mi facciano ridere. Null'altro che perniciose sciocchezze. »

Hilary sedette sul parapetto e si passò una mano sulla fronte.

« Penso che abbia ragione. Eppure... È possibile che quell'uomo creda a quello che dice? »

« Io rimango del parere che ci troviamo sempre di fronte allo stesso caso. Un pazzo che si crede Dio. »

« Suppongo anch'io che sia così, e tuttavia non è una spiegazione che mi soddisfi. »

« Ma avviene, mia cara. Pensi alla storia e vedrà che è accaduto in tutti i tempi. E uno ci casca. Ci sono quasi caduto anch'io. Ci è caduta lei, e se non l'avessi trascinata quassù... » Improvvisamente il suo tono cambiò. « Penso di aver fatto male. Cosa dirà Betterton? Lo troverà strano. »

« Non credo. Dubito che se ne sia accorto. »

Lui la guardò con l'aria di non capire.

« Mi dispiace, Olive. Deve essere duro, per lei, vederlo in quello stato. »

Hilary disse con forza: « Dobbiamo andarcene di qui. Assolutamente dobbiamo ».

« Ce ne andremo. »

« L'ha già detto, ma non abbiamo fatto nessun passo avanti. »

« Lei lo crede, ma non è così. Non sono stato con le mani in mano. »

« Nessun piano preciso, per ora, ma ho iniziato un'attività sovversiva. Ci sono molte persone scontente qui, molte più di quanto il nostro direttore-padreterno s'immagini. Fra i membri più umili, intendo dire. Cibo, danaro e lusso non sono tutto. La porterò via di qui, Olive. »

« E Tom pure? »

Il volto di Peters si rabbuiò.

« Mi ascolti, Olive, e creda a quanto le dico. Tom farebbe meglio a restare qui. È... più sicuro di quanto non lo sarebbe fuori. »

« Sicuro? Che parola curiosa. »

« Ho usato questa parola deliberatamente. »

« In verità non la capisco. Tom non è... non penserà per caso che stia per dargli di volta il cervello. »

« Neanche per idea. È sconvolto, ma può ragionare quanto me e quanto lei. »

« Allora perché sarebbe più al sicuro qui? »

Peters disse lentamente: « Una gabbia, mi creda, è un posto molto sicuro ».

« Oh, no! » gridò Hilary. « Non mi dica che anche lei comincia a crederlo. Noi dobbiamo ribellarci. Dobbiamo volere la libertà. »

« Sì, lo so. Ma... »

« In ogni caso, Tom vuole, disperatamente, uscire di qui. »

« Tom può non sapere cos'è meglio per lui. »

Hilary ricordò improvvisamente la loro conversazione a proposito dei segreti atomici. Se Tom aveva fornito delle informazioni segrete sarebbe stato perseguibile per legge. Forse Peters voleva alludere a questo. Ma le idee di Hilary, in proposito, erano ben chiare. Meglio scontare una condanna in prigione che restare lì dentro. Disse con ostinazione: « Tom deve venire ».

« Come vuole » ribatté Peters con tono amaro. « Io l'ho avvertita. Vorrei sapere cosa la fa tanto tenere a quell'uomo. »

Hilary lo fissò costernata. Delle parole le balzarono alle labbra, ma le ricacciò. Avrebbe voluto dirgli: « Non mi importa di lui, non è nulla per me ». Avrebbe voluto aggiungere: « Che sciocco. Se c'è qualcuno al quale io tenga, quello è lei ». E invece non disse nulla.

« Se l'è spassata con il suo americano addomesticato? »

Così Tom Betterton apostrofò Hilary, come questa entrò nella stanza. Lui stava supino sul letto, fumando.

Hilary arrossì leggermente. « Siamo arrivati qui insieme, e pare che, su certe cose, abbiamo le stesse idee. »

Betterton rise. « Oh! Non la biasimo. » Per la prima volta la guardava in modo diverso dal solito. « Sa che lei è proprio una bella donna, Olive? » disse poi.

Era stata lei ad insistere perché la chiamasse Olive.

« Sì » riprese Betterton, mentre sembrava valutarla con lo sguardo. « Lei è maledettamente carina. Avrei dovuto accorgermene subito. Al punto in cui sono ridotto, quel genere di cose non mi fa più effetto. »

« Non ha importanza » disse seccamente Hilary.

« Sono un uomo perfettamente normale, o, almeno, lo ero. Adesso Dio solo sa cosa sono diventato. »

Hilary sedette vicino a lui.

« Cosa c'è che non va, Tom? »

« Gliel'ho detto. Non riesco a concentrarmi. Sono ridotto uno straccio. Questo luogo... »

« Non tutti la prendono come lei. »

« Perché sono degli esseri insensibili, suppongo. »

« Qualcuno di loro sembrerebbe il contrario » ribatté Hilary. « Se soltanto avesse un amico, qui, un vero amico. »

« Be', c'è Murchison. E ultimamente mi sono trovato spesso con Ericsson. »

« Davvero? » Hilary sembrava sorpresa.

« Sì. È un ragazzo molto intelligente. Vorrei avere il suo cervello. »

« Uno strano tipo » osservò Hilary. « Mi mette paura. »

« Paura? Torquil? Ma se è mansueto come un agnello. Per certe cose, poi, sembra un bambino. Non conosce il mondo. »

« Ebbene, a me mette paura » ripeté Hilary ostinatamente.

« Anche i suoi nervi mi sembrano un po' scossi. »

« Non ancora, ma lo saranno, fra non molto. Tom, non faccia troppa amicizia con Torquil Ericsson. »

« Perché mai? »

« Non lo so. Forse è un presentimento. »


## XVII

Leblanc si strinse nelle spalle.

« È certo che hanno lasciato l'Africa. »

« Non *certo*. »

« Però molto probabile. » Il francese scuoteva la testa. « Dopo tutto, sappiamo dove andranno a finire. »

« Se la loro destinazione fosse quella che noi pensiamo, perché iniziare il viaggio dall'Africa? Qualunque punto, in Europa, sarebbe stato più indicato. »

« È vero. Però c'è il rovescio della medaglia. Nessuno poteva sospettare che si sarebbero riuniti qui per partire. »

« Sono del parere che ci sia qualcos'altro » insisté Jessop, gentilmente. « D'altronde, solo un piccolo aereo si sarebbe potuto servire di quell'aerodromo. Poi avrebbe dovuto atterrare per far rifornimento, prima di attraversare il Mediterraneo. E, in questo caso, qualche traccia l'avrebbero lasciata. »

« *Mon cher*, abbiamo fatto indagini e ricerche ovunque. »

« Gli uomini con gli apparecchi Geiger dovranno raggiungere qualche risultato positivo, prima o poi. Il numero degli aerei da esaminare è limitato. La più piccola traccia di radioattività, e sapremo che quello è l'apparecchio che cerchiamo. Sto riflettendo su... »

« Noi abbiamo presunto che si siano diretti verso

nord. Verso il Mediterraneo. Supponiamo, invece, che siano andati verso sud. »

« Ripiegare indietro? Per andare dove? Ci sono le montagne dell'Alto Atlante da quella parte e, oltre le montagne, il deserto. »

« Sidi, lei giura che manterrà ciò che mi ha promesso. Un distributore di benzina a Chicago? Sul serio? »

« Sul serio, Mohammed, a patto di uscire di qui, naturalmente. »

« Il successo dipende dal volere di Allah. »

« Speriamo, allora, che il volere di Allah sia che lei abbia un distributore di benzina a Chicago. Perché Chicago? »

« Sidi, il fratello di mia moglie andò in America, e ora ha un distributore a Chicago. »

*Che strani desideri nascono nel cuore degli uomini* pensava Peters mentre ammirava l'austera figura di Mohammed avvolta in una veste bianca, da cui spiccava il nero della pelle.

« Non so se lei è saggio » sospirò « ma sia fatto ciò che vuole. Certo se venissimo scoperti... »

Un sorriso scoprì dei bellissimi denti bianchi che risaltavano notevolmente sul bruno della faccia.

« In tal caso sarebbe la morte, per me. Forse non per lei, Sidi, perché lei è importante. »

« Sa cosa deve fare, vero? »

« Lo so, Sidi. Devo portarla al giardino quando cala l'oscurità. E poi devo mettere nella sua stanza degli abiti come quelli che portiamo io e gli altri servi. Più tardi ci saranno altre cose da fare. »

« Benissimo. Ora mi faccia scendere dall'ascensore, altrimenti qualcuno potrebbe notare che continuiamo a salire e scendere. »

Si danzava quella sera. Andy Peters stava ballando con la signorina Jensson. La teneva molto stretta, e sembrava mormorarle qualcosa all'orecchio. Come passarono vicino ad Hilary che, in piedi, stava osservando i ballerini, Peters le strizzò l'occhio.

Hilary si morse le labbra per non ridere. Poi lo sguardo le cadde su Tom Betterton che, dall'altro lato della sala, stava parlando con Ericsson. Hilary aggrottò le ciglia.

« Vuole fare un ballo con me, Olive? » chiese una voce alle sue spalle. Era Murchison.

« Con piacere, Simon. »

« L'avverto che valgo poco come ballerino. »

Hilary pose tutta la sua attenzione a non farsi pestare i piedi.

« Ha un abito molto grazioso, Olive. »

« Sono contenta che le piaccia. »

« Sa, dicevo l'altro giorno con Bianca che dev'essere meravigliosa la vita, qui, per una donna. Nessuna preoccupazione di ordine economico. Per voi pensano a tutto gli altri. »

« Anche Bianca è del suo parere? »

« Veramente, nei primi tempi era un po' irrequieta, ma ora ha trovato modo di formare qualche comitato, e organizzare una o due cose. Discussioni, conferenze. Ci dispiace che lei non partecipi maggiormente a queste manifestazioni. »

« Temo di non essere il tipo adatto. Non mi è mai piaciuto mettermi in vista. »

« Capisco, ma voi giovani dovete trovare un modo o l'altro per trascorrere il tempo. Certo, ci vuole un po' di tempo per abituarsi a questo posto. Dapprincipio si può provare una specie di orrore all'idea di essere chiusi qui dentro, ma poi... »

« Vuol dire che ci si abitua? »

« Certo, per alcuni sembra più difficile che per altri. Tom, per esempio. A proposito, dove ha lasciato il vecchio Tom? Ah sì, lo vedo laggiù con Ericsson. Inseparabili, quei due. »

« Preferirei non lo fossero. Voglio dire che non mi sembrava avessero tanto in comune. »

« Il giovane Torquil si direbbe affascinato da suo marito. Lo segue ovunque. »

« Sì, l'ho notato anch'io. Mi domando perché. »

Quel ballo finì e Peters si fece avanti per reclamare il successivo.

« L'osservavo soffrire con stoicismo. Come le ha ridotto i piedi? »

« Oh, sono abbastanza agile. »

« E lei mi ha osservato? »

« Con la Jensson? »

« Penso, senza falsa modestia, d'aver fatto colpo. Quella ragazza piatta e mezza orba risponde immediatamente al trattamento. »

« Le ha fatto credere di essere innamorato di lei. »

« Ha reso pienamente l'idea. Quella ragazza, Olive, se manipolata a dovere, può esserci molto utile. Lei è addentro a tutte le cose più segrete. Per esempio, domani una commissione di personaggi importanti verrà a visitare il Centro. Medici, ufficiali governativi, e qualche ricco patrono. »

« Andy, pensa che possa esserci una possibilità? »

« No, non subito. Meglio non accarezzare false speranze. Ma ci potrà servire per farci un'idea della procedura, e alla prossima occasione... si potrà vedere. Finché riesco a incantare quella ragazza, posso cavarle molte notizie utili. »

« Quelle persone che verranno qui in visita cosa sanno? »

« Di noi, voglio dire della nostra comunità scientifica, assolutamente nulla. Almeno, così penso. Vengono unicamente per ispezionare gli impianti e i laboratori di ricerca medica. Questo posto è stato deliberatamente costruito come un labirinto, così che nessuno può immaginarne l'estensione. Io credo che vi siano delle paratie che dividono l'area nella quale siamo confinati dal Centro vero e proprio. »

« Come tutto sembra inverosimile. »

« Deve ringraziare Iddio di non avere bambini. »

Peters sentì la donna irrigidirsi di colpo.

« Scusi, ho detto qualcosa che non dovevo? »

La trascinò via dalla pista e la portò a sedere.

« Mi spiace ». ripeté « le ho fatto male, vero? »

« Non è nulla, non ne ha colpa. Avevo una bambina che è morta. Questo è tutto. »

« Aveva una bambina? Credevo che fosse sposata a Betterton da sei mesi soltanto. »

« È così infatti. Ma ero già stata sposata, e avevo divorziato dal primo marito. »

« Capisco. In questo maledetto posto nessuno sa nulla della vita degli altri, e allora si dicono cose che non si dovrebbero dire. Al diavolo! Pensiamo ad altro. Guardi il nostro amico svedese. Non fosse per gli occhi, sembrerebbe fatto di legno. »

« Forse perché è così alto e magro. È all'incirca della mia statura. »

« La statura inganna. »

« Come le descrizioni nei passaporti. Prenda Ericsson. Statura uno e novanta, capelli biondi, occhi azzurri, viso lungo, naso e bocca regolari. Ma questo non rende affatto l'idea di come Torquil è in realtà. Cos'ha? »

« Nulla. »

Hilary stava guardando Ericsson. La sua descrizione corrispondeva a quella di Boris Glydr. Esattamente come l'aveva udita da Jessop. Era forse *quello* che la rendeva così nervosa in presenza di Ericsson. Sarebbe stato possibile che... Si voltò bruscamente verso Peters.

« Immagino che sia *veramente* Ericsson. Non potrebbe essere qualcun altro? »

Peters la guardava senza capire.

« Qualcun altro? E chi? »

« Voglio dire, non potrebbe essere qui sotto falso nome? »

« Non lo credo possibile. E d'altronde Ericsson è uno scienziato noto. »

« Eppure nessuno, qui, sembra averlo mai incontrato prima. O, forse, potrebbe essere Ericsson e qualcun altro allo stesso tempo. »

« Intende alludere a una specie di doppia vita? Non è una cosa impossibile, ma non mi sembra probabile. »

« No, certo non è probabile. »

Ma perché Olive Betterton aveva insistito così tanto nel mettere in guardia Tom contro Boris? Forse sapeva che quest'ultimo stava cercando di raggiungere Tom. Se, per ipotesi, il sedicente Boris Glydr non fosse affatto Boris Glydr? Supponendo che costui fosse in realtà *Torquil Ericsson*, la descrizione si attagliava perfettamente. Appena giunto al Centro, Ericsson aveva dedicato la sua attenzione a Tom. Hilary sentiva che quell'uomo era un essere pericoloso.

In quel mentre il vice direttore, dottor Nielsen, era salito sulla piattaforma della sala, e pregava, con un cenno, di fare silenzio. Parlando al microfono disse:

« Amici e colleghi. Domani siete pregati di restare nella Sezione d'emergenza. Riunitevi, per favore, alle ore undici per fare l'appello. Gli ordini di emergenza sono validi per ventiquattro ore. »

Si ritirò e la musica riprese.

« Devo dare di nuovo la caccia alla Jensson » disse Peters. « Voglio sapere cos'è questa Sezione d'emergenza. »

Hilary restò seduta a riflettere su Torquil Ericsson e Borys Glydr.

L'appello fu fatto nella sala di lettura. Erano tutti presenti. Furono poi disposti in lunga colonna e fatti uscire dalla sala.

Il percorso, come al solito, seguì un labirinto di corridoi tortuosi. Hilary camminava di fianco a Peters, sapendo che lui nascondeva fra le mani una piccola bussola con la quale calcolava la loro direzione.

« Non che aiuti » le bisbigliò lui, in tono di rammarico. « Almeno non per il momento. Ma non si può mai sapere. »

Alla fine di un ennesimo corridoio si fermarono davanti a una porta, in attesa che venisse aperta.

Peters estrasse il portasigarette, ma subito la voce di Van Heidem ordinò, in tono perentorio:

« Si prega di non fumare. Vi è già stato detto. »

« Mi scusi. »

Peters rimase col portasigarette in mano, poi tutti entrarono nella stanza.

« Il dormitorio delle donne è a destra » disse la signorina Jensson, mentre guidava le donne in quella direzione.«A sinistra quello degli uomini.»

Il dormitorio era una larga sala che somigliava a una linda corsia d'ospedale. I letti, disposti ai lati, erano muniti di una cortina di materiale plastico, col quale ci si poteva appartare. Per ogni letto c'era un armadietto.

« Troverete la sistemazione semplice » disse la signorina Jensson « ma non troppo primitiva. Fuori dalla porta di destra ci sono i bagni. Il soggiorno è oltre la porta là in fondo. »

Il soggiorno, dove tutti si riunirono, sembrava la sala transito di un aeroporto. A un lato c'era un bar e un buffet. Dall'altro lato, una scaffalatura di libri.

Il giorno trascorse abbastanza piacevolmente. Su un piccolo schermo trasportabile furono proiettati due film. La sala, priva di finestre, era illuminata artificialmente a giorno. Verso sera un supplemento di lampade provvide a completare l'illusione.

Hilary stava pensando che, a due passi da loro, c'era un gruppo di persone provenienti dal mondo esterno, e che, tuttavia, non c'era possibilità di far conoscere a quella gente la loro esistenza, né di chiedere aiuto. Come al solito le cose erano state organizzate in modo perfetto.

Peters parlava con la signorina Jensson. Hilary suggerì ai Murchison di giocare a bridge, ma Tom Betterton rifiutò, dicendo che gli era impossibile concentrarsi. Il dottor Barron accettò di fare il quarto.

Erano le undici e mezzo quando finirono la partita.

« È tardi » esclamò Hilary guardando l'orologio. « La visita dovrebbe essere finita, o i visitatori passeranno la notte qui? »

« Con certezza non saprei » disse Simon Murchison. « Credo che qualcuno dei medici più appassionati rimanga. Ma per domani a mezzogiorno saranno partiti tutti. »

« Soltanto allora potremo tornare in circolazione? »

« Penso di sì. »

Hilary e Bianca si alzarono, diedero la buona notte ai due uomini e si avviarono verso il dormitorio. Bianca la precedeva. Mentre Hilary stava per varcare la soglia, qualcuno le toccò una spalla.

Si voltò di scatto e si trovò faccia a faccia con un servo.

Con voce bassa e incalzante costui le parlò in francese.

« *S'il vous plaît*, madame, deve venire con me. »

« Venire? Dove? »

« Vuole seguirmi, per favore? »

Per un istante fu indecisa su cosa fare. Bianca era
entrata nel dormitorio. Nel soggiorno erano rimaste
poche persone che stavano conversando fra loro.

« Vuole seguirmi, per favore, madame? »

L'uomo fece pochi passi e si fermò facendole cenno
con la mano. Un po' dubbiosa, Hilary gli tenne dietro.

Uscirono da una porticina situata in un angolo del
soggiorno e, una volta ancora, percorsero lunghi corridoi anonimi. Ad Hilary non sembrò che il tragitto fosse
il medesimo che avevano fatto nel venire, ma in quel
labirinto era difficile orientarsi.

La guida, finalmente, si fermò davanti a un muro e
premette un bottone. Un pannello scorrevole rivelò un
ascensore nel quale Hilary fu invitata a salire.

« Vuole dirmi dove mi porta? » chiese.

Due occhi scuri la guardarono con una specie di rimprovero.

« Dal capo, madame. È un grande onore per lei. »

« Vuole dire dal direttore? »

« Ho detto dal capo... »

L'ascensore si fermò. Ne discesero e, attraverso un
altro corridoio, giunsero davanti a una porta. La sua
guida bussò con un colpetto discreto e qualcuno dal-
l'interno aprì. Anche qui c'erano servi di colore, con
costumi indigeni ricchi di ricami dorati. Attraversaro-
no un'anticamera col pavimento ricoperto da un tappe-
to rosso, poi, sollevando un ricco tendaggio che correva
lungo la parete opposta, il servo l'introdusse in una stanza sontuosamente arredata in stile orientale: bassi divani, tavoli da caffè, arazzi alle pareti. Hilary sbarrò gli
occhi credendo di sognare. Seduto su uno di questi divani stava un personaggio a lei già noto: monsieur Aristide. Più piccolo, più giallo, più grinzoso che mai.

XVIII

« *Asseyez-vous, chère madame* » la invitò monsieur Aristide.

Con una mano che sembrava un artiglio, le fece cenno di accomodarsi e Hilary, quasi trasognata, sedette su un altro divano, di fronte a lui. Il vecchio ridacchiava in sordina.

« Vedo che è sorpresa » le disse. « Non se l'aspettava, vero? »

« Era l'ultima cosa che avrei potuto immaginare... »

Ma già lo sbalordimento lasciava il posto alla riflessione. Era stato sufficiente riconoscere monsieur Aristide perché il mondo fantastico, nel quale aveva vissuto durante le ultime settimane, cadesse in frantumi. Ora sapeva che il famoso Centro le era sembrato irreale perché *era* irreale. Si trattava soltanto di una colossale messinscena. Anche il direttore, altro non era che un personaggio da commedia, escogitato per mascherare la realtà. La verità risiedeva in questa stanza segreta. Con la presenza di monsieur Aristide tutto acquistava il suo giusto valore.

« Ora capisco » disse Hilary. « Questa organizzazione è una delle sue imprese. »

« Ha indovinato, madame. »

« E il direttore? Il cosiddetto direttore? »

« È una persona di grandi meriti, un dottore. Dirigeva convegni teosofici, un tempo. Lo pago profumatamente. »

Poi, dopo qualche minuto di silenzio:

« Ci sono dei canditi accanto a lei, madame, o altri dolci, se preferisce. » Di nuovo una pausa, poi riprese: « Io sono un filantropo, madame. Sono ricco, lo sa, uno dei più ricchi uomini della terra, e sento il dovere di mettere le mie ricchezze al servizio dell'umanità. Ho costituito, in questo luogo solitario, una colonia di lebbrosi e ho radunato una vasta schiera di specialisti che fanno continue ricerche sulla cura della malattia. Certi casi si sono mostrati suscettibili di trattamento, altri invece sono resistenti. Ma l'opera prosegue e i risultati saranno sempre migliori. La lebbra, in realtà, non è così facilmente trasmissibile, e, tuttavia, solo il parlarne mette terrore. Un terrore che si trova perfino nella Bibbia. Ciò mi è stato di giustificazione per fondare questo Centro in una località completamente isolata ».

« Ha creato la colonia con questo secondo fine? »

« Sì. Abbiamo anche una sezione per le ricerche sul cancro, e importanti studi si stanno compiendo sulla tuberculosi, oltre che sulle malattie da virus. *Bien entendu*, gli studi sulla guerra batteriologica non sono menzionati. Si fa tutto a scopo umanitario, e ciò costituisce per me un titolo d'onore. Non di rado gruppi di studiosi, fisici, chimici, chirurghi, vengono a visitarci, come è accaduto oggi. L'intero Centro è stato costruito in modo che una parte di esso è segreta e non è individuabile neppure dall'alto. Certi laboratori sono stati scavati direttamente nella roccia. In ogni caso, io sono al disopra di ogni sospetto. »

« Ma perché » chiese Hilary « questa frenesia di distruzione? »

« Non nutro nessuna frenesia di distruzione, madame. Mi fa torto. »

« Allora non capisco. »

« Io sono un uomo d'affari » spiegò monsieur Aristide « ma sono anche un collezionista. Ho raccolto molte cose. Quadri, ceramiche, francobolli. Posseggo collezioni famose. Ora sono vecchio, madame, non c'è più molto che mi interessi. Così sono giunto alla determinazione di collezionare *cervelli*. »

« Cervelli? »

« Sì, è una cosa tremendamente interessante. A poco a poco radunerò qui tutti i cervelli del mondo. Gente giovane. Giovani promesse, scienziati già celebri. Un giorno le stanche nazioni del mondo si scuoteranno dal loro letargo e si accorgeranno che i loro uomini di scienza sono vecchi e superati e che tutti i giovani cervelli del mondo sono in mio potere. Allora, se vorranno un biologo, o un chirurgo in plastica, o un fisico, dovranno venire a comprarlo da me. »

« Vuole dire che questa non è altro che una gigantesca operazione finanziaria? »

Di nuovo monsieur Aristide annuì, pacatamente, con la testa.

« Naturale, altrimenti tutto ciò non avrebbe senso, non le pare? »

« Infatti » disse Hilary con un profondo sospiro « è proprio quello che pensavo. »

« Dopo tutto » aggiunse monsieur Aristide, quasi volesse scusarsi « è la mia professione. Io sono un finanziere. »

« Allora lei sostiene che, in questa faccenda, non c'entra la politica? Lei non aspira al *potere mondiale?* »

Il vecchio fece un gesto come per allontanare quella supposizione.

« Non voglio essere Dio » esclamò.

« Come fa a convincere questa gente? »

« Li compro, madame, come una qualunque mercanzia. Qualche volta con danaro, spesso con le idee. I giovani sono sognatori, hanno ideali, hanno fede. Qualche volta è la sicurezza che attrae coloro che hanno trasgredito la legge. »

« Questo spiega certe cose che non riuscivo a capire. »

« E cioè? »

« Le diverse ideologie. Andy Peters, l'americano, tende chiaramente a sinistra. Ericsson crede fanaticamente nel Superuomo. Helga Needheim è una fascista della specie più arrogante... »

« Lei è molto intelligente, madame. Lo capii subito a Fez. » Fece una risatina sommessa.

« Lei non lo sa, madame, ma io venni a Fez semplicemente per osservarla. »

« Vedo. »

« Mi faceva piacere pensare che sarebbe venuta qui. In questo posto non si trovano molte persone intelligenti con cui discorrere. » Fece un gesto vago. « Questi studiosi non sono interessanti. Saranno magari dei geni nel lavoro, ma quanto a conversazione non valgono molto. Le loro mogli, poi, sono generalmente noiose. Infatti solo in casi eccezionali le facciamo venire qui. »

« Quali? »

« I casi nei quali un uomo è incapace di applicarsi al lavoro, appunto perché sente la mancanza della moglie. Sembrava essere il caso di suo marito. Thomas Betterton aveva fama di uomo di genio, ma da quando è qui non ha fatto che del lavoro mediocre. Sì, Betterton mi ha deluso. »

« Ma sarà capitato altre volte. Dopo tutto, questa gente è in prigione qui. Non si ribellano mai? »

« Sì. È sempre così quando si mette un uccello in gabbia per la prima volta. Però se invece di una gabbia si tratta di una grande uccelliera, se l'uccello ha tutto ciò che gli serve, alla fine non ricorderà di essere mai stato libero. »

Hilary provò un brivido. « Lei mi spaventa. In verità mi spaventa. »

« Finirà col capire molte cose, madame. Le posso assicurare che tutti questi uomini, anche se al loro arrivo sono delusi e ribelli, alla fine si dedicano al lavoro con coscienza. »

Hilary lo guardava con una specie di orrore. « È spaventoso. Sarebbe come dire che ha costruito un *pool* di cervelli. »

« La definizione è esatta, madame. »

« E da questo *pool* lei intenderebbe, un giorno, prendere scienziati da offrire al miglior offerente? »

« Sì. Questo è, all'incirca, il progetto. »

« Ma il suo scienziato, una volta tornato nel mondo libero, potrebbe rifiutarsi di lavorare per il nuovo principale. »

« È vero fino a un certo punto. Ha mai sentito parlare di lobotomia, madame? »

Hilary corrugò la fronte.

« È un'operazione al cervello? »

« In un primo tempo fu presa in considerazione per la cura della malinconia. Le parlo in termini non medici, madame. Dopo l'operazione il paziente non ha più sensi di colpa, o desiderio di togliersi la vita. È spensierato, incosciente e, nella maggior parte dei casi, obbediente. »

« L'operazione riesce nel cento per cento dei casi? »

« In passato no. Ma attualmente sono stati fatti grandi progressi. Ho qui con me tre chirurghi. Uno russo, uno francese e uno austriaco. Attraverso varie e delicate operazioni di innesti e manipolazione del cervello, costoro ottengono, nei soggetti così trattati, uno stato di docilità, senza tuttavia menomare le facoltà intellettive. »

« Ma ciò è orribile » gridò Hilary. « Orribile! »

Lui la corresse pacatamente.

« È *utile*. In un certo senso si può dire benefico. Il paziente sarà felice e soddisfatto, senza più timori o desideri, o irrequietezza. »

« Non credo » ribatté Hilary « che un *animale* soddisfatto e suggestionabile possa mai essere in grado di creare qualche cosa. »

« Forse ha ragione. Lei è veramente intelligente. Ha qualcosa lì dentro. Comunque, il tempo s'incaricherà di dimostrarlo. Intanto gli esperimenti proseguono. »

« Esperimenti! Intende dire che fa esperimenti su esseri umani? »

« È il solo metodo pratico. »

« Ma quali esseri umani? »

« Ci sono sempre i disadatti » disse monsieur Aristide. « Quelli che non si adattano alla vita qui dentro, che non vogliono cooperare. Costoro costituiscono un ottimo materiale da esperimento. »

Hilary provò un orrore profondo per quella creatura inumana che le stava dinanzi. La sua logica spietata, il suo ragionamento freddo, pratico, mettevano raccapriccio.

« Non crede in Dio? » gli chiese.

« Naturalmente, ci credo. » Sembrava quasi offeso da quella domanda. « Sono un uomo religioso. Dio è stato benevolo con me. »

« Legge la Bibbia? »

« Certo, madame. »

« Ricorda ciò che Mosè ed Aronne dissero al Faraone. *Lascia andare il mio popolo.* »

« Così io sarei il Faraone e lei Mosè e Aronne, in uno. È questo che vuole dirmi, madame? Di lasciar andare questa gente? Tutti, o qualcuno in particolare? »

« Vorrei dire tutti. »

« Sa bene, madame, che perde il suo tempo. Così, non è per caso la causa di suo marito che lei perora? »

« Tom non vi è di nessuna utilità. »

« Forse è vero quello che dice, madame. Sì, sono molto deluso di Thomas Betterton. Speravo nella sua presenza, ma sembra non avere avuto alcun effetto. »

« Vi sono uccelli che, in cattività, non riescono a cantare. »

« Può darsi. Non lo nego. »

« Allora riconosca Betterton come uno dei suoi insuccessi, e lo lasci ritornare nel mondo. »

« Non è facile, madame. Non sono preparato ancora a rendere di dominio pubblico la mia istituzione. »

« Potrà vincolarlo col giuramento. »

« Sì, giurerebbe, certo. Ma non manterrebbe la promessa. »

« Sì che la manterrebbe! »

« È una moglie che parla! Non si può accettare la parola di una moglie, in casi come questo. Naturalmente » si appoggiò allo schienale come se stesse riflettendo « naturalmente potrebbe esserci un modo per obbligarlo al silenzio. Fargli lasciare un ostaggio. »

« Si spieghi. »

« Alludo a lei, madame. Accetterebbe di restare in cambio della liberazione di suo marito? »

Hilary fissava il vuoto. Si rivedeva in una stanza d'ospedale vicina a una donna morente. Le sembrava di udire la voce di Jessop che la istruiva. Se c'era una possibilità di liberare Thomas Betterton, a questo patto, non sarebbe forse stato il modo migliore per adempiere la sua missione?

Volse lo sguardo verso quella figura seduta sul divano.

« Potrei accettare la sua proposta. »

« Lei possiede coraggio, madame, lealtà e devozione. Sono ottime qualità. Per il resto » sorrise « ne riparleremo un'altra volta. »

« Oh, no! No! » Hilary nascose il viso fra le mani. Era scossa da un singulto. « Non posso pazientare. Non posso resistere. È troppo crudele. »

« Non deve prenderla a questo modo, madame. » La voce del vecchio era quasi tenera. « Mi ha fatto molto piacere parlare con lei dei miei disegni, delle mie aspirazioni. È stato interessante studiarne l'effetto su una mente impreparata. Una mente come la sua: equilibrata e intelligente. Lei ora prova orrore e ripugnanza, ma poi, riflettendoci con calma, troverà la cosa del tutto naturale. »

« Questo mai! » gridò Hilary. « Mai! »

« Ah! » riprese Monsieur Aristide. « Scorgo la passione e la ribellione proprie del suo tipo. Tutte le donne dai capelli rossi... La mia seconda moglie... » parve riflettere, poi riprese « aveva i capelli rossi. Era una bella donna e mi amava. Strano, non è vero? Mi sono sempre piaciute le donne coi capelli rossi. Ma ci sono altre cose che mi piacciono in lei. Il suo spirito, il suo coraggio. » Sospirò. « Ahimè! Le donne, ormai, poco mi interessano. Ora preferisco l'amicizia spirituale. Mi creda, madame, la sua compagnia mi ha molto ristorato. »

« Supponiamo che io ripeta a mio marito tutto ciò che lei mi ha detto. »

Il vecchio sorrise con indulgenza.

« Supponiamolo pure. Ma lo farà? »

« Oh, non so. Non so. »

« Lei è saggia. Certe cose è meglio tenerle per sé. Ma vada, ora, è stanca e confusa. Ogni volta che verrò qui, la farò chiamare e discuteremo su molte cose. »

« Mi lasci uscire da questo luogo, la prego. » Hilary protendeva le braccia verso di lui. « Mi lasci andar via. Mi lasci venir via con lei, la prego! »

Monsieur Aristide scuoteva la testa, pacatamente, con indulgenza. Ma nell'espressione del viso si leggeva una punta di disprezzo.

« Ora parla come una bambina. Come potrei lasciarla andare, come potrei permetterle di spargere ai quattro venti tutto ciò che ha visto e udito? »

« Se io vi giurassi di non farlo non mi crederebbe? »

« Non sarei tanto sciocco. »

« Non voglio restare qui, in questa prigione. Voglio uscire. »

« Ma c'è suo marito con lei. E lei è venuta qui, spontaneamente, per raggiungerlo. »

« Ma non sapevo dove venivo. Non avevo idea. »

« Comunque posso assicurarle che è molto più piacevole la vita qui, di quanto non lo sia al di là del sipario di ferro. Qui avete tutto quanto desiderate. »

Si alzò in piedi e le diede qualche colpetto persuasivo sulla spalla.

« Vedrà, si ambienterà. E fra un anno o due sarà felice. Sebbene » soggiunse, con una specie di rammarico « probabilmente meno interessante. »

## XIX

La notte seguente Hilary si svegliò con un sobbalzo. Sollevata sui gomiti tese l'orecchio.

« Tom, ha sentito? »

« Sì. Sono degli aerei che volano bassi. Non c'è nulla da meravigliarsi. Vengono di tanto in tanto. »

« Mi ero illusa... » lasciò la frase in sospeso.

Restò sveglia e si mise a ripensare alla strana conversazione avuta con monsieur Aristide. Era chiaro che il vecchio aveva una specie di capriccio per lei. C'era modo di sfruttare la circostanza? Sarebbe riuscita a persuaderlo? Come fare per ottenere che la portasse con sé?

La prima volta che l'aveva mandata a chiamare avrebbe cercato di farlo discorrere della sua seconda moglie, dai capelli rossi. A quell'età il sangue scorre troppo stanco nelle vene, e il richiamo del sesso non agisce più. Una cosa, invece, alla quale i vecchi sono sensibili è l'interesse che si dimostra per la loro vita trascorsa. Amano ricordare il passato e trovare chi li sta ad ascoltare.

A Hilary venne da sorridere nell'oscurità ricordando lo zio George e la sua governante. « Una donna così brava, così fidata » si diceva di lei « assolutamente insignificante; non vistosa né fornita di particolari attributi. Di tutto riposo insomma. » Eppure, zio George aveva messo sossopra la famiglia sposando quella donna priva di fascino, perché era un'eccellente ascoltatrice.

Hilary aveva promesso a Tom che avrebbe trovato

il mezzo di uscire da quel luogo. E se quel mezzo fosse stato proprio monsieur Aristide?

« Un messaggio » disse Leblanc. « Finalmente un messaggio. »

Il suo inserviente, entrando, aveva deposto davanti a lui un foglio piegato. Lo aprì e spiegò concitatamente:

« È del pilota di uno dei nostri aerei da ricognizione. Operava su una zona dell'Alto Atlante. Trovandosi su una certa posizione di quella regione montagnosa, ha captato un messaggio Morse. L'hanno ripetuto per due volte. Eccolo. »

Depose il foglio davanti a Jessop.

*COGLEBBROSISL*

Cancellò con un segno di matita le ultime due lettere e disse:

« SL, secondo il nostro cifrario, significa: "non date conferma". »

« *COG*, le prime lettere del messaggio, sono il nostro segnale di riconoscimento » osservò Jessop.

« Resta la parola *LEBBROSI* che costituisce il messaggio vero e proprio » concluse Leblanc, perplesso.

« Lebbrosi? » fece Jessop.

« Cosa diamine può voler dire? »

« Esiste qualche lebbrosario da quelle parti? »

Leblanc spiegò davanti a lui una grande carta topografica. Con un dito, tutto giallo di nicotina, indicò un punto.

« Questa » disse delineando il punto con la matita « è l'area sulla quale il nostro pilota operava. Vediamo un po'. Mi pare di ricordare... »

« Ci sono » disse. « C'è un famoso centro di ricerche mediche, fondato e sovvenzionato da un noto filantropo e situato proprio in quell'area. Vi si compiono studi molto importanti sulla lebbra. C'è anche una colonia di lebbrosi, circa duecento infetti. E inoltre un sanatorio tubercolare e una sezione per ricerche sul cancro. Ma, intendiamoci, tutto assolutamente autentico e al disopra di ogni sospetto. Lo stesso presidente della repubblica è uno dei patroni. »

« Molto interessante » disse Jessop.

« Ma è aperto all'ispezione in qualunque momento. Medici e studiosi vi si recano in visita. »

« E non vedono nulla che non dovrebbero vedere! Infatti non esiste miglior mimetismo, per gli affari poco chiari, che una atmosfera di massima rispettabilità. »

« Potrebbe essere » fece Leblanc esitante « un luogo di sosta per gruppi di persone che stanno compiendo un viaggio. Una piccola comitiva, come quella che stiamo inseguendo, potrebbe essersi fermata là qualche tempo prima di riprendere il viaggio. »

« Penso che si tratti di qualcosa di più » dichiarò Jessop. « Potrebbe essere la *fine del viaggio*. »

« Sospetta qualcosa di grosso? »

« La parola lebbra ci riporta all'epoca medievale, quando il lebbroso portava un campanello perché la gente potesse allontanarsi a tempo dal suo cammino. La curiosità non porta la gente a un lebbrosario. Coloro che ci vanno, come ha detto prima, sono medici, studiosi, benefattori dell'umanità... Ciò, senza alcun dubbio, è bello e ammirevole, ma dietro questa facciata di filantropia e carità, qualunque cosa potrebbe celarsi. A proposito, chi è il proprietario del luogo? Chi sono i filantropi che lo finanziano? »

« Questo si può sapere subito. Attenda un minuto. »

Tornò, in breve, con un annuario in mano.

« Fu fondato da una società privata. Da un gruppo di filantropi in testa ai quali c'è monsieur Aristide. Lei sa che costui possiede una ricchezza favolosa e che è munifico nel fare opere di bene. Ha fondato ospedali a Parigi e a Siviglia. »

« Dunque è un'impresa di Aristide. *E Aristide era a Fez quando c'era Olive Betterton.* »

« Aristide! » esclamò Leblanc. « *Mais c'est colossal!* »

« L'aggettivo è appropriato. »

« Ma si rende conto? » Leblanc agitava eccitato una mano davanti alla faccia di Jessop. « Questo Aristide ha il piede in mille scarpe. È dietro a tutto. Banche, governi, industrie, armamenti, trasporti! »

« In realtà non è una cosa che sorprenda molto. Presidenti e ministri annunciano importanti provvedimenti; banchieri, dietro sontuose scrivanie, presentano opulenti resoconti, ma non ci si sorprende mai se si scopre che, dietro quella magnificenza, un ometto al quale non si darebbe una lira, rappresenta la forza motrice. E non c'è per niente da stupirsi trovando Aristide dietro questo affare. Tutta la faccenda non è che una vasta impresa *commerciale*. La politica non c'entra per niente. Ora resta da decidere il da farsi. »

La faccia di Leblanc era verde.

« Non sarà facile, e lei lo sa. Se prendiamo una cantonata... non oso pensare alle conseguenze. E anche se abbiamo ragione, dovremo provarlo. No, non sarà una cosa facile. Tuttavia » agitò enfaticamente l'indice « bisogna agire. »


## XX

Le macchine si fermarono davanti all'enorme cancello incastrato nella roccia. Erano quattro. Nella prima c'erano un ministro francese e l'ambasciatore americano, nella seconda il console britannico, un membro del parlamento e il prefetto di polizia. Nella terza avevano preso posto due membri che in passato avevano fatto parte di una Commissione Reale, e due giornalisti. Nelle tre macchine c'erano anche i necessari satelliti. La quarta automobile recava diverse persone, non note al gran pubblico, ma di una certa importanza nella loro sfera. Fra loro c'erano il capitano Leblanc e il signor Jessop.

« Speriamo » mormorò il ministro inquieto « che non ci sia alcun pericolo di *contatto*. »

Uno dei satelliti lo rassicurò immediatamente.

« *Du tout, monsieur le ministre*. Sono state prese tutte le precauzioni. »

Il diplomatico sembrò alquanto sollevato. L'ambasciatore disse qualcosa circa i progressi fatti nel trattamento di quel tipo di malattie.

I grandi cancelli furono spalancati e un piccolo gruppo di persone si fece innanzi per ricevere i visitatori. C'era il direttore, il vice direttore, due medici famosi e un chimico altrettanto illustre. Fra le due parti vi fu uno scambio prolungato di saluti cerimoniosi.

« E il nostro caro Aristide » si informò il ministro « spero che le sue condizioni di salute non gli abbiano impedito di mantenere la promessa. »

« No, signore. Monsieur Aristide è giunto ieri, in volo, dalla Spagna » disse il vice direttore. « È qui che aspetta. Mi permetta, eccellenza, di far strada. »

La comitiva lo seguì. *Monsieur le ministre* lanciava sguardi ansiosi al di là del recinto dove i lebbrosi, in posizione di attenti, stavano in fila serrata, a conveniente distanza dalla rete metallica.

Nell'atrio c'era monsieur Aristide in attesa degli ospiti. Vi furono inchini, complimenti, presentazioni, poi servi di colore servirono degli aperitivi.

« Possiede un Centro magnifico, signore » disse uno dei giornalisti rivolgendosi ad Aristide.

Questi fece un gesto orientale. « Ne sono orgoglioso. È il mio ultimo dono all'umanità. Potrei chiamarlo il mio canto del cigno. Nessuna spesa è stata risparmiata. »

« Posso assicurarle che è la verità » disse uno dei medici. « Per un appassionato, lavorare qui è come realizzare un sogno. Noi, negli Stati Uniti, siamo molto progrediti, ma è nulla a paragone di ciò che ho visto da quando sono qui. E i risultati ottenuti sono molto incoraggianti. »

Il suo entusiasmo era contagioso.

« Dobbiamo rendere onore al merito » disse l'ambasciatore inchinandosi a monsieur Aristide.

« Dio è stato molto buono con me » fece umilmente quest'ultimo.

Terminati i convenevoli, bevuti gli aperitivi, monsieur Aristide invitò gli ospiti a consumare un leggero pasto prima di iniziare il loro giro d'ispezione.

Dietro la guida del dottor Van Heidem, il gruppo si diresse con entusiasmo verso la sala da pranzo. Dopo due ore di volo e un'ora di macchina, si sentivano tutti affamati. Le vivande erano deliziose e riscossero un particolare elogio da parte del ministro.

Dopo che fu servito il caffè turco, la commissione chiese di poter iniziare il suo giro. Ci vollero due ore, e il ministro, per parte sua, fu lieto quando ebbero finito. I laboratori, scintillanti di strumenti, gli abbaglianti corridoi, e, più ancora, la massa di dettagli scientifici elargiti, l'avevano stordito.

Però, mentre l'interesse dello statista francese era puramente formale, qualcuno degli altri, al contrario, mostrava desiderio di approfondire certe nozioni. Il dottor Van Heidem appariva lieto di poter soddisfare tutte le loro curiosità.

Mentre concludevano il giro, Leblanc e Jessop avevano fatto in modo di restare in coda al gruppo. Jessop tolse di tasca una vecchia cipolla e guardò l'ora.

« Qui non c'è nessuna traccia » mormorò Leblanc, agitato.

« Non un segno » ribatté l'altro.

« *Mon cher*, se abbiamo preso un abbaglio, che catastrofe. Dopo tutte le settimane spese per combinare questa visita. Quanto a me posso dire addio alla mia carriera. »

« Non siamo ancora battuti » disse Jessop. « Sono sicuro che i nostri amici sono qui. »

« Ma non c'è nessun indizio. »

« Non possono permettersi di lasciar tracce. Per queste visite ufficiali è tutto preparato e disposto. »

« In questo caso come potremo fornire delle prove? Abbiamo a che fare con gente scettica: il ministro, l'ambasciatore americano, il console britannico, sono tutti convinti che Aristide è al disopra di ogni sospetto. »

« Stai calmo, Leblanc. Le dico che non siamo ancora vinti. »

« Lei è ottimista, amico mio. » Leblanc si rigirò per parlare con qualcuno dell'*entourage*, poi si voltò di nuovo verso Jessop.

« Perché sta sorridendo? » gli chiese sospettoso.

« Penso alle risorse della scienza, alle ultime modifiche dell'apparato Geiger, per essere esatto. »

« Non sono uno scienziato. »

« Io nemmeno, ma questo sensibile rivelatore di radioattività mi dice che i nostri amici sono qui. L'edificio è stato appositamente costruito in modo che le stanze e i corridoi si rassomiglino tutti, cosicché è difficile orientarsi e avere una idea esatta della sua planimetria. C'è una parte di questo edificio che non ci è stata mostrata. »

« Basa questa affermazione su qualche indicazione radioattiva? »

« Esattamente. »

« Sono, forse, ancora le perle di madame? »

« Stavolta i segni non sono così appariscenti e concreti come le perle di una collana, o un guanto verniciato al fosforo. Non si vedono, ma il nostro apparecchio li sente e li denuncia. »

« Accidenti, Jessop, questo può bastare? »

« Dovrebbe » rispose Jessop. « Ciò che sarà da temere... »

Leblanc finì la frase per lui.

« Vuole dire che questa gente non *vorrà* credere. Sono stati scettici fin dal principio. Anche il suo console è un uomo molto prudente e, quanto al nostro ministro, so che sarà molto difficile convincerlo. »

« Non dobbiamo sperare nei diplomatici » disse Jessop. « Dovevamo portarli con noi perché rappresentano l'autorità. Ma è gente che ha le mani legate. Non è su loro che conto. »

« E su chi conta, in particolare? »

La faccia solenne di Jessop si contrasse in una smorfia ironica.

« C'è la stampa » disse. « I giornalisti hanno un fiuto speciale per le notizie. Sono sempre pronti a credere anche alle cose più inverosimili. Poi c'è un'altra persona nella quale ho fede, ed è quel vecchio sordo. »

« Quello che sembra avere un piede nella fossa? »

« Appunto. È un ex presidente della Corte suprema. Un uomo che ama la verità. Ora è molto avanti con gli anni, quasi sordo e mezzo cieco, ma nonostante sia ridotto, come vede, a un vecchio rudere, vacillante sulle gambe, la mente è lucida come un tempo. Inoltre possiede quel sesto senso che gli fa immediatamente rizzare le orecchie quando si trova in presenza di qualcosa di equivoco, specie se s'accorge che qualcuno tenta di nascondere la verità ».

Frattanto erano giunti di nuovo nel vestibolo, dove

furono serviti il tè e delle bibite. Il ministro, con discorsi ben torniti, stava congratulandosi con monsieur Aristide e l'ambasciatore americano sentì il dovere di aggiungere i suoi complimenti. Fu allora che il ministro, guardandosi attorno, disse in tono leggermente nervoso:

« Ed ora, signori, penso sia giunto il momento di prendere congedo dal nostro gentile ospite. Abbiamo visto *tutto* quello che *c'è* da vedere » si era soffermato intenzionalmente su queste ultime parole « tutto è veramente magnifico. Siamo grati al nostro ospite per la cortese accoglienza e ci congratuliamo nuovamente con lui per i risultati conseguiti. Così non ci resta che salutare e andarcene. »

Le parole erano convenzionali, il modo col quale erano state pronunciate pure. Ma, in effetti, il loro significato suonava pressappoco così: « Avete visto, signori, che qui non c'è nulla di quanto voi sospettavate e temevate. Questo ci libera da un grave peso e possiamo ripartire con la coscienza tranquilla ».

Ma il silenzio che seguì fu interrotto da una voce quieta e deferente. Era la voce di Jessop. Si rivolse al ministro in un francese abbastanza chiaro, anche se l'accento lasciava a desiderare.

« Con il suo permesso, signore, e se mi è concesso, vorrei chiedere un favore al nostro gentile ospite. »

« Certo, certo. Naturalmente, signor Jessop. »

Jessop si rivolse al dottor Van Heidem, evitando di guardare monsieur Aristide.

« Abbiamo conosciuto molti dei vostri collaboratori » disse « ma c'è qui un mio vecchio amico col quale avrei desiderato scambiare una parola. Sarei indiscreto se vi chiedessi di poterlo vedere, prima di partire? »

« Un suo amico? » chiese Van Heidem, con educata sorpresa.

« Sono due, in realtà. Una donna, Olive Betterton, e suo marito, Tom Betterton. Credo che lui lavori qui. Un tempo stava ad Harwell e, prima ancora, in America. Mi piacerebbe molto poterli salutare prima d'andarcene. »

La reazione di Van Heidem fu impeccabile. Gli occhi

spalancati e la fronte aggrottata davano effettivamente l'impressione di uno che cade dalle nuvole.

« Betterton? Non mi pare proprio che ci sia nessuno con quel nome, da noi. »

« C'è anche un americano » insisté Jessop. « Andrew Peters. Un chimico, mi sembra. Non è così signore? » Si rivolse, deferente, all'ambasciatore americano.

L'ambasciatore era un uomo di mezza età con occhi azzurri penetranti. Era un diplomatico molto abile. Guardò Jessop e attese un minuto buono prima di rispondere.

« Ma già » fece. « È così. Andrew Peters. Mi piacerebbe vederlo. »

L'espressione perplessa di Van Heidem aumentò d'intensità. Jessop, di sottecchi, guardava Aristide. Il suo viso giallo non tradiva la minima emozione. Sembrava che la cosa non lo interessasse.

« Andrew Peters? No. Temo davvero, eccellenza, che le sue informazioni non siano esatte. Non abbiamo nessuno con questo nome. Credo di non averlo mai neppure udito nominare. »

« Ma il nome di Thomas Betterton non le è nuovo, vero? » chiese Jessop.

Van Heidem esitò, voltò appena la testa in direzione del vecchio, ma si riprese immediatamente. Fu tutto questione di un secondo.

« Thomas Betterton. Ebbene, credo di no. »

Uno dei giornalisti afferrò la palla al balzo.

« Thomas Betterton. Direi che è molto conosciuto. La sua scomparsa, sei mesi fa, ha fatto scalpore. Tutti i giornali d'Europa portavano i. titoli in prima pagina. La polizia l'ha cercato per tutto il globo. Vuol dire che è stato qui tutto il tempo? »

« No. » Van Heidem parlava con asprezza, ora. « Temo che qualcuno vi abbia informati male. Forse hanno voluto giocarvi uno scherzo. Voi avete visto tutti i nostri collaboratori. »

« Non credo » ribatté Jessop con calma. « C'è anche un giovane che si chiama Ericsson e un dottor Louis Barron e, forse, una signora Calvin Baker. »

« Ah! » una luce improvvisa sembrò rischiarare la

mente di Van Heidem. « Ma le persone di cui parla perirono in un incidente aereo. Ricordo perfettamente, ora. Almeno, ricordo che Ericsson e il dottor Barron erano fra le vittime. Fu una grande perdita per la Francia, quella di Barron. » Scosse la testa. « Degli altri non so. Non ricordo nessuna Calvin Baker. Però mi sembra d'aver sentito di un'inglese, o americana, che stava su quell'aereo. Può darsi che fosse quella signora Betterton di cui lei parla. Sì, fu una cosa molto dolorosa. » Si rivolse a Jessop. « Non capisco, signore, come abbia potuto supporre che quelle persone fossero qui. »

« Così, secondo lei, io sbaglio? » domandò Jessop. « Lei afferma che nessuna di quelle persone si trova qui dentro? »

« Ma come potrebbero essere qui se rimasero tutte uccise in quel disastro? Se non erro fuono ritrovate le salme. »

« I cadaveri erano carbonizzati al punto tale da non consentire l'identificazione » Jessop sottolineò volutamente con il tono di voce l'ultima parola.

Alle sue spalle ci fu un movimento. Una voce stridula, ma ferma, disse:

« Ho capito bene? Ha detto che non ci fu nessun riconoscimento sicuro? » Lord Alverstoke si sporgeva portandosi una mano all'orecchio.

« Non fu possibile, milord » rispose Jessop « e ho ragione di credere che tutte quelle persone siano scampate al disastro. »

« Credere? » L'intonazione era di rammarico.

« Avrei dovuto dire che ho le prove. »

« Prove? E di che natura, signor Jessop? »

« La signora Betterton, il giorno che partì per Marrakech, portava una collana di perle artificiali. Una di queste perle fu trovata alla distanza di mezzo miglio dal luogo del disastro. »

« Come può essere certo che quella perla proveniva dalla collana della signora Betterton? »

« Perché quelle perle recavano un segno, visibile solo per mezzo di una forte lente. »

« Chi aveva messo quel segno? »

« Io, lord Alverstoke, al cospetto del mio collega qui presente, monsieur Leblanc. »

« Aveva una ragione per farlo? »

« Sì, milord. Avevo ragione di credere che la signora Betterton mi avrebbe condotto dal marito, Tom Betterton, contro il quale esiste un mandato di arresto » proseguì Jessop. « Dopo la prima perla ne furono trovate altre due lungo il percorso che porta a questa colonia. Da ricerche eseguite nei luoghi dove furono rinvenute le perle, fu possibile accertare il passaggio di sei persone i cui dati corrispondevano, sommariamente, a quelli delle supposte vittime del disastro. Uno di questi passeggeri era in possesso di un guanto impregnato di tinta luminosa, al fosforo. L'impronta del guanto fu trovata su una macchina che aveva trasportato i passeggeri per un tratto del percorso. »

« Molto interessante » notò lord Alverstoke.

Monsieur Aristide si agitò sulla sedia, sbatté ripetutamente le palpebre, poi fece una domanda.

« Le ultime tracce di queste persone, dove furono trovate? »

« In un aerodromo fuori uso, signore. » E precisò la posizione.

« Quel posto dista diverse centinaia di miglia da qui » obiettò monsieur Aristide. « Ammesso che le sue deduzioni siano corrette e che, per qualche ragione, la catastrofe sia stata simulata, giungo alla conclusione che i passeggeri siano partiti da quell'aeroporto per qualche destinazione ignota. In verità non vedo su quale base si fondi la sua convinzione. Perché quella gente dovrebbe essere qui? »

« Ci sono diverse ragioni, signore. Dei nostri aerei da ricognizione hanno captato un segnale che incominciava con la nostra sigla di riconoscimento e ci informava che le persone di cui stiamo parlando si trovano in un lebbrosario. »

« Davvero interessante » riprese monsieur Aristide. « Ma a me sembra, senza dubbio, un tentativo di portarvi fuori strada. Queste persone non sono qui. » Il tono era categorico. « Siete liberi di perlustrare tutto il complesso. »

« Dubito che riusciremo a scoprire qualcosa con una ricerca superficiale, signore » disse Jessop, e aggiunse, deliberatamente: « Sebbene io conosca con precisione l'area dalla quale le ricerche dovrebbero avere inizio ».

« Sul serio? E sarebbe? »

« Nel quarto corridoio che parte dal secondo laboratorio, girando a sinistra, in fondo. »

Van Heidem fece un brusco movimento e due bicchieri andarono a frantumarsi per terra. Jessop lo guardò sorridendo.

« Vede, dottore, che siamo bene informati. »

Van Heidem ribatté aspramente: « È assurdo. Totalmente assurdo. Lei sta insinuando che noi deteniamo delle persone contro il loro volere. Nego recisamente ».

Il ministro sembrava a disagio. « Si direbbe che siamo arrivati a un vicolo cieco » fu il suo commento.

Monsieur Aristide osservò in tono garbato:

« È una teoria degna di nota, ma soltanto una teoria. » Guardò l'orologio. « Vorrete scusarmi, signori, se vi suggerisco di non perdere altro tempo. Vi aspetta un lungo viaggio per giungere all'aeroporto. »

Tanto Leblanc quanto Jessop pensarono fosse giunto il momento di mettere le carte in tavola. Aristide stava esercitando tutta la forza della sua considerevole personalità. Sfidava questi uomini a mettersi apertamente contro di lui. Il ministro era ansioso di capitolare. Il prefetto di polizia desiderava compiacere il ministro. L'ambasciatore americano non era soddisfatto, ma, per ragioni diplomatiche, si mostrava esitante. Il console britannico avrebbe finito col seguire l'esempio degli altri.

Aristide fece qualche considerazione. I giornalisti: con quelli ci si poteva aggiustare. Il loro prezzo poteva essere alto, ma la sua opinione era che si potessero comprare. E se non fosse stato possibile, c'erano altri modi.

Quanto a Jessop e Leblanc era chiaro che loro sapevano, ma non avrebbero potuto agire senza autorità. C'era però quel vecchio mezzo sordo e quello, Aristide lo sapeva, non si poteva comprare. Il corso dei suoi pensieri fu interrotto appunto dalla voce sottile di quest'ultimo. Una voce che sembrava venire di lontano.

« Sono del parere » diceva « che non dobbiamo affrettare la nostra partenza più del necessario. Qui si tratta di un caso che richiede, a mio avviso, maggior approfondimento. Sono state fatte gravi affermazioni e non ritengo si debba lasciarle cadere. Meglio se, con giustizia, potremo offrire l'opportunità di dimostrarne l'infondatezza. »

« L'obbligo delle prove spetta a voi » dichiarò monsieur Aristide facendo un grazioso gesto verso la compagnia. « Una accusa è stata fatta, e, per giunta, completamente infondata. »

« Non infondata. »

Il dottor Van Heidem, sorpreso, si voltò di scatto. Uno dei servi marocchini s'era fatto avanti e tutti lo fissarono stupiti in silenzio. Indossava un costume bianco ricamato e, intorno alla testa, aveva un turbante. Lo sbalordimento dei presenti, però, fu più che altro provocato dal fatto che da quelle labbra tumide era uscita una voce di origine decisamente transatlantica.

« Non infondata » ripeté quella voce. « Posso portare la mia testimonianza. Questi signori hanno negato che Peters, Ericsson, Betterton, sua moglie, e il dottor Barron siano qui. Questo è falso. Sono tutti qui ed io parlo a loro nome. » Fece qualche passo verso l'ambasciatore americano. « Forse le riesce un po' difficile riconoscermi sotto questo travestimento, signore, ma sono Andrew Peters. »

Un debole sibilo uscì dalle labbra di Aristide, che, però, si riaccomodò, col viso di nuovo impassibile, sulla sedia.

« Molta gente è nascosta qui dentro » proseguì Peters. « C'è Schwartz di Monaco; c'è Helga Needheim; ci sono Jeffreys e Davidson, gli scienziati inglesi; c'è Paul Wade degli Stati Uniti; ci sono gli italiani Ricochetti e Bianco; c'è Murchison. Esiste un sistema di chiusura, a paratie, che l'occhio nudo non riesce ad avvistare. Esiste tutta una rete di laboratori segreti, scavati direttamente nella roccia. »

« Santi numi! » esclamò l'ambasciatore americano. Osservò attentamente il travestimento di Peters, poi

scoppiò in una risata. « Non oserei affermare di riconoscerla, nemmeno ora. »

« È colpa dell'iniezione di paraffina alle labbra, signore, per non dir nulla del pigmento nero. »

« Se lei è Peters qual è il suo numero all'FBI? »

« 813471, signore. »

« Esatto. E le iniziali dell'altro suo nome? »

« B. A. P. G., signore. »

L'ambasciatore fece un cenno di approvazione. « Quest'uomo è Peters » disse, rivolgendosi al ministro.

Quest'ultimo esitò, poi si schiarì la voce.

« Lei dichiara » cominciò, rivolgendosi a Peters « che
qui dentro ci sono persone trattenute contro il loro
stesso volere? »

« Qualcuna eccellenza, qualche altra è consenziente. »

« In questo caso » decise il ministro « è necessario
fare gli accertamenti. »

Guardò il prefetto di polizia. Quest'ultimo fece un
passo avanti.

« Un momento solo, prego » intervenne monsieur Aristide alzando una mano. Poi soggiunse con voce ferma:
« Si direbbe che si sia abusato troppo della mia fiducia ». Il suo sguardo gelido passava da Van Heidem al
direttore, e in esso c'era una ingiunzione che non am-
metteva repliche. « Quale sia stato il movente che vi
ha spinto a ciò, nel vostro entusiasmo per la scienza,
non riesco ancora a capire. Il mio interesse, in questa
impresa, era puramente d'ordine filantropico, non ho
avuto alcuna parte nell'applicazione pratica dei suoi me-
todi d'azione. La prego, signor direttore, se queste ac-
cuse sono fondate, di far venire qui, senza indugio, le
persone trattenute illegalmente. »

« Ma, signore, è impossibile. Sarà... »

« Qualunque esperimento del genere è finito » replicò
monsieur Aristide. Poi volgendo verso i suoi ospiti uno
sguardo imperturbabile: « È superfluo che io vi dica,
signori, che se qualcosa di illegale è avvenuto, qui dentro, non ne sono coinvolto ».

Era un ordine e, data la potenza e l'influenza del
personaggio, tale doveva essere considerato. Monsieur
Aristide, quest'uomo famoso, non doveva essere im-

plicato in questo affare. Tuttavia, sebbene ne uscisse illeso, si trattava pur sempre di una sconfitta. Ma monsieur Aristide non era uomo da turbarsi per così poco. Altri insuccessi aveva subito nel corso della sua carriera, ma li aveva accettati ogni volta con filosofia.

Fece un ampio gesto. « Mi lavo le mani di questo affare » disse.

Il prefetto di polizia si fece avanti. Ora che aveva avuto via libera, era pronto a far valere le sue prerogative.

« Non ammetto ostruzionismi » dichiarò. « Il mio dovere è di andare sino in fondo. »

Van Heidem, pallidissimo in volto, lo invitò a seguirlo.

## XXI

« È come se mi fossi svegliata da un incubo » sospirò Hilary.

Si stirò le braccia fin sopra la testa. Stavano sulla terrazza di un albergo di Tangeri, dove erano giunti quella mattina stessa in aereo.

« È veramente accaduto? No, non può essere! »

« È proprio accaduto, Olive » disse Tom Betterton « ma sono d'accordo con lei. È stato un incubo. »

Jessop si affacciò sulla terrazza e li raggiunse.

« Dov'è Andy Peters? » gli chiese Hilary.

« Sarà qui tra poco. Ha qualche affaruccio da sistemare. »

« Così Peters era uno dei suoi uomini » disse Hilary « e fu lui a lasciare le impronte con il fosforo e a spruzzare la sostanza radioattiva per mezzo del portasigarette. »

« Infatti. »

« Alludeva a lui quando mi disse che, se avessi raggiunto Betterton, sperava di potermi proteggere? »

Jessop annuì con la testa. « Spero non me ne voglia » aggiunse poi « se non le ho procurato il finale che desiderava. »

« Di che finale sta parlando? »

« Una forma di suicidio più sportiva » fu la risposta.

« Oh, quello! » Fece un gesto d'incredulità. « Quello sembra irreale come tutto il resto. Sono stata Olive Betterton per tanto tempo che ora sono quasi imbarazzata a ritrovarmi nei miei panni. »

« Scusatemi » disse Jessop « vedo laggiù Leblanc e ho bisogno di parlargli. »

Quando si fu allontanato, Tom Betterton disse rapidamente: « Vuole fare ancora una cosa per me, Olive? La chiamo ancora Olive. Ci ho fatto l'abitudine ».

« Sì, naturalmente. Di che si tratta? »

« Esca con me dalla terrazza, per favore, poi torni e dica che sono andato a riposare in camera mia. »

Hilary lo guardò con l'aria di non capire.

« Parto, mia cara, finché sono ancora in tempo » spiegò Betterton.

« Parte per dove? »

« Qualunque posto. »

« Ma perché? »

« Usi la testa, cara ragazza. Questa è zona internazionale e non è sotto la giurisdizione di nessun paese in particolare. Ma se io vengo con tutti voi a Gibilterra, appena arrivo là mi arrestano. »

Nell'entusiasmo provocato dagli ultimi avvenimenti, Hilary non aveva più pensato ai guai di Tom Betterton.

« Ma non può veramente sperare di farla franca. Dove vorrebbe andare? »

« Glielo ho detto, da qualunque parte. »

« Ma occorre del denaro, e ci sono mille altre difficoltà. »

Betterton rise brevemente. « Il denaro c'è. È al sicuro sotto un altro nome. »

« Ma le daranno la caccia. »

« Non sarà una cosa semplice. Non si rende conto che la descrizione che hanno di me non corrisponde affatto al mio aspetto attuale? Questa è la ragione per cui tenevo tanto alla mia plastica. »

Hilary non sembrava convinta.

« Fa male » disse. « Sono certa che fa male. Farebbe assai meglio ad affrontare la realtà. Dopo tutto, non siamo in tempo di guerra. La condanna sarebbe mite, suppongo. Che vita diventerebbe la sua? Essere braccato per il resto dei suoi giorni. »

« Lei non può capire » disse. « Su, venga, non c'è tempo da perdere. »

« Ma come farà a lasciare Tangeri? »

« Mi arrangerò. Non si preoccupi. »

Hilary si alzò dalla sedia e lo seguì lentamente. Non sapeva cosa dire. Aveva vissuto per settimane con quell'uomo, nella più stretta intimità, e tuttavia sentiva che erano ancora completamente estranei l'uno all'altro. Nessun vincolo di amicizia o cameratismo era sorto fra loro.

In fondo alla terrazza c'era una porta d'angolo attraverso la quale si usciva direttamente su una via che, incurvandosi giù per la collina, conduceva al porto.

« Uscirò di qui » annunciò Betterton. « Nessuno ci vede. Allora, addio. »

« Buona fortuna » mormorò Hilary.

Restò a guardarlo mentre girava la maniglia, ma, come Betterton ebbe aperto la porta, lo vide indietreggiare. Sulla soglia si affacciarono tre uomini. Due di loro entrarono e gli si fecero incontro. Il primo parlò.

« Thomas Betterton, ho un mandato d'arresto per lei. Sarà trattenuto sotto custodia fino a quando saranno completate le pratiche di estradizione. »

Betterton fece una rapida mossa ma l'altro uomo gli fu a fianco. Allora si rigirò ridendo.

« È tutto regolare » disse « soltanto che *io non sono Thomas Betterton*. »

Il terzo uomo, rimasto sulla soglia, si fece avanti. Era Peters.

« Oh, sì » disse « sì che lo è. »

Di nuovo Betterton rise.

« Vuol dire che ha sentito gli altri chiamarmi Thomas Betterton. Il fatto è che io *non sono* Thomas Betterton. Incontrai il vero Betterton a Parigi e ne presi il posto. Se non mi crede può chiedere a questa signora. Venne a raggiungermi fingendosi mia moglie e io la riconobbi come tale. Non è forse vero? »

« La verità è che, non essendo io Betterton, non ero

in grado di riconoscere sua moglie. Io la credetti sul serio Olive Betterton. In seguito mi ingegnai a trovare una spiegazione plausibile. Ma questa è la verità. »

« È per questo, allora, che mi pregò di continuare a recitare la parte! » esclamò Hilary.

Betterton aveva ripreso fiducia e rideva.

« Io non sono Betterton » replicò. « Guardate qualunque fotografia sua e vi accorgerete che dico il vero. »

Peters fece un passo avanti.

« Ho visto le fotografie di Betterton » disse « e sono d'accordo con lei che non l'avrei riconosciuto. Nonostante ciò lei è Thomas Betterton, e lo proverò. » Così dicendo l'afferrò con violenza e gli strappò di dosso la giacca.

« Se lei è Thomas Betterton deve avere una cicatrice, a forma di zeta, nella piega del gomito destro. »

A forza gli aveva arrotolato la manica della camicia e scoperto il braccio.

« Eccola » esclamò trionfante. « Ci sono due assistenti di laboratorio, in America, che possono testimoniare. Io lo sapevo perché me lo scrisse Elsa. »

« Elsa? » Betterton lo fissava atterrito. Cominciò a tremare. « Elsa? Cosa c'entra Elsa? »

« Chieda un po' qual è l'accusa a suo carico. »

« Uxoricidio premeditato » dichiarò uno degli agenti. « L'assassinio di sua moglie Elsa Betterton. »


## XXII

« Sono dolente, Olive, deve credermi. Sono addolorato per lei. Per amor suo gli avrei dato la possibilità di salvarsi. L'avevo avvertita che sarebbe stato più al sicuro là dentro, nonostante avessi attraversato mezzo mondo per raggiungerlo e fargli pagare il suo crimine. »

« Io non capisco. Non capisco nulla. Ma lei chi è? »

« Credevo lo sapesse. Sono Boris Andrei Pavlov Glydr, il cugino di Elsa. Da ragazzo i miei parenti mi mandarono in America, dalla Polonia, per completare gli studi in una di quelle università. Poi, dal modo in cui s'erano messe le cose in Europa, mio zio credette opportuno farmi assumere la cittadinanza americana. Quando scoppiò la guerra, tornai in Europa a lavorare per la Resistenza. Riuscii a portare fuori dalla Polonia mio zio e mia cugina e a imbarcarmi per l'America. Elsa... le ho già parlato di Elsa? Era una delle donne più geniali del nostro tempo. Fu lei a scoprire la Fissione ZE. Betterton, un giovane canadese, a quell'epoca era assistente di Mannheim, mio zio, e lo aiutava nei suoi esperimenti. Sì, sapeva fare il suo lavoro, ma niente di più. Fu per puro calcolo che si mise a corteggiare Elsa, fino a riuscire a sposarla. Il suo scopo era impadronirsi dei risultati delle sue ricerche. Quando gli esperimenti di Elsa furono completati, e Betterton si rese conto della loro enorme importanza, decise di liberarsi della moglie avvelenandola. »

« Oh, no! »

« Fu proprio così. Ma, al momento, nessuno ebbe sospetti. Betterton recitava molto bene la commedia e appariva affranto dal dolore. Sembrò cercare conforto nel lavoro e vi si tuffò con una specie di frenesia. Dopo poco, diede al mondo l'annuncio della scoperta, spacciandola come propria. La meta era raggiunta. Il suo nome divenne famoso e brillò, come stella di prima grandezza, nel firmamento della scienza. A questo punto, però, Betterton stimò prudente lasciare l'America e venire a lavorare nei laboratori di Harwell, in Inghilterra.

« Per qualche tempo ancora, dopo la fine della guerra, io fui impegnato in Europa perché la mia conoscenza delle lingue tedesca, russa e polacca si rendeva utile. La lettera che Elsa mi scrisse, poco prima di morire, mi aveva turbato. Non avevo capito bene quale fosse la malattia che l'affliggeva, ma mi era sembrata misteriosa. Fu poi quel male a portarla alla tomba. Quando, finalmente, potei tornarmene negli Stati Uniti, volli indagare. Non starò adesso a raccontarle la trafila, tuttavia posso dirle che i risultati delle ricerche furono tali da farmi ottenere un mandato di esumazione. C'era un giovane, nell'ufficio del Procuratore distrettuale, che era stato grande amico di Betterton. Giusto a quell'epoca, costui fece un viaggio in Europa, e sono convinto che, in quella circostanza, andò a trovare Betterton e lo mise al corrente di tutta la faccenda. Betterton fiutò il vento contrario. È probabile che gli emissari di monsieur Aristide avessero già tentato con lui degli approcci e che lui, nell'occasione che gli si presentava, scorgesse l'unica soluzione per sottrarsi all'arresto e ad un processo per omicidio. È certo, comunque, che Betterton accettò le condizioni di quella gente, a patto di essere sottoposto a un'operazione di plastica facciale, che ne mutasse radicalmente la fisionomia. Quello che avvenne dopo lo sappiamo. Betterton si accorse di essere, di fatto, un prigioniero. Inoltre, incapace di rendere quanto da lui ci si aspettava, dato che non era, e non è mai stato, un uomo di genio, finì col trovarsi in una posizione pericolosa. »

« E lei è riuscito a rintracciarlo? »

« Sì. Quando i giornali di tutto il mondo pubblicarono la sensazionale notizia della sua scomparsa, venni in Inghilterra. Qui ebbi occasione di incontrare una certa signora Speeder che aveva fatto dei sondaggi presso uno scienziato mio amico, un uomo di valore. In seguito scoprii che costei aveva avuto un abboccamento anche con Betterton, poco prima della sua scomparsa. La cosa mi mise in sospetto, tanto che cominciai a recitare con questa signora la parte del simpatizzante di sinistra, esagerando probabilmente i miei meriti scientifici, convinto com'ero che Betterton fosse andato a finire oltre cortina. Avevo deciso di raggiungerlo anche in capo al mondo, se fosse stato necessario. » Le labbra di Peters erano contratte in una smorfia. « Elsa aveva un cervello di prim'ordine, ed era una creatura bella e gentile. Amava il marito e aveva fede in lui, e lui l'aveva uccisa e derubata. Ero pronto a uccidere Betterton con le mie mani se non ci fosse stato altro modo per far giustizia. »

« Capisco » disse Hilary. « Ora capisco. »

« Le scrissi subito, quando giunsi in Inghilterra » proseguì Peters. « Le scrissi come Boris Glydr e le esposi i fatti, ma penso che lei, Olive, non mi abbia creduto. Non ha mai risposto a quella lettera. » Si strinse nelle spalle. « Allora mi diedi da fare per raccogliere notizie negli ambienti dove potevo sperare di trovarne. Ma stavo in guardia, e sospettavo di tutti. Fu così che, alla fine, venni in contatto con Jessop. » Fece una pausa. « E stamattina la mia inchiesta ha avuto termine. Per Betterton sarà ottenuta l'estradizione e verrà condotto negli Stati Uniti dove sarà sottoposto a regolare processo. Se l'assolveranno, io non ho null'altro da dire. Ma non credo che l'assolveranno. »

Fece una pausa e guardò il giardino sottostante, illuminato dal sole, che si stendeva verso il mare.

« Il guaio più grosso, per me » disse ancora Peters « è quello di averla incontrata e di essermi innamorato di lei. È stato davvero un inferno, Olive. Può credermi. E ora, ecco che io sono l'uomo responsabile di mandare suo marito alla sedia elettrica. È una cosa che non potrà mai dimenticare, anche se mi perdonerà. » Si alzò. « Bene, questa è tutta la storia. Desideravo la ascoltasse dalle mie labbra. Non mi resta che dirle addio, Olive. » Si voltò rapidamente per andarsene.

Hilary stese una mano per fermarlo. « Aspetti. C'è qualcosa che non sa. Io non sono la moglie di Betterton. Olive Betterton morì a Casablanca. Fu Jessop che mi persuase a prenderne il posto. »

Il giovane fece un giro su se stesso e la guardò sbalordito.

« Lei non è Olive Betterton? »

« No. »

« Buon Dio! Buon Dio! » ripeté Andy Peters, lasciandosi cadere di peso sopra una sedia vicino a lei. « Olive, Olive cara. »

« Non mi chiami Olive. Il mio nome è Hilary, Hilary Craven. »

« Hilary? Mi ci vorrà un po' di tempo per abituarmi. » Le prese le mani.

All'altra estremità della terrazza, Jessop discuteva con Leblanc sulle difficoltà tecniche che la situazione presentava.

Leblanc diceva: « *Mon cher*, non credo che ci sarà facile agire contro quell'animale di Aristide ».

« No, certo. Gli Aristide vincono sempre. Voglio dire

che trovano sempre il modo di uscire puliti da queste storie. In ogni modo deve averci rimesso un sacco di quattrini, e questa sconfitta non sarà facile da digerire. E poi, non potrà tenere la morte a bada per sempre. A giudicare dal suo aspetto, direi, anzi, che non è molto lontano il giorno in cui dovrà presentarsi davanti alla Suprema Giustizia. »

« Cosa sta guardando? »

« Quei due » rispose Jessop. « Offrii alla signora Craven un viaggio verso una destinazione ignota, ma direi che la meta del suo viaggio è stata quella di sempre, dopo tutto. »

Leblanc lo guardò per un momento, con l'aria di non capire, poi esclamò:

« Ah! Già! Il vostro Shakespeare! »

« Voi francesi siete molto istruiti » ribatté Jessop.

## SCRITTORI DEL NOVECENTO

**Pratolini**, Il quartiere

**Buck**, Figli

**Buzzati**, Le notti difficili

**D'Annunzio**, Giovanni Episcopo

**Deledda**, Naufraghi in porto

**Hemingway**, Avere e non avere

**Kafka**, Tutti i racconti (vol. I)

**Kafka**, Tutti i racconti (vol. II)

**Steinbeck**, Al dio sconosciuto

**Kerouac**, I vagabondi del Dharma

**Pratolini**, Metello

**Vittorini**, Il garofano rosso

**Orwell**, La fattoria degli animali

**Hesse**, Demian

**Kafka**, Il castello

**Kerouac**, Sulla strada

**Silone**, Vino e pane

**Steinbeck**, La valle dell'Eden

**Deledda**, Elias Portolu

**Vittorini**, Piccola borghesia

**Dos Passos**, Il 42° parallelo

**Bellow**, L'uomo in bilico

**Mann Th.**, L'eletto

**Hemingway**, I quarantanove racconti

**Hesse**, Knulp – Klein e Wagner – L'ultima estate di Klingsor

**Deledda**, La madre

**Steinbeck**, Quel fantastico giovedì

**Pratolini**, Cronache di poveri amanti (2 voll.)

**Buck**, La famiglia dispersa

**Huxley**, Il mondo nuovo – Ritorno al mondo nuovo

**Silone**, Il seme sotto la neve

**Deledda**, Il segreto dell'uomo solitario

**Mauriac**, Groviglio di vipere

**Pratolini**, Le ragazze di Sanfrediano

**Du Maurier**, La prima moglie (Rebecca)

**Kerouac**, Il dottor Sax

**Mann Th.**, Le teste scambiate – La legge – L'inganno

*Schnitzler*, I morti tacciono

*García Márquez*, Foglie morte

*García Márquez*, Nessuno scrive al colonnello

*Pratolini*, Allegoria e derisione

*De Beauvoir*, Tutti gli uomini sono mortali

*D'Annunzio*, Notturno

*Kerouac*, Angeli di desolazione

*García Márquez*, Occhi di un cane azzurro

*Mann Th.*, Cane e padrone – Disordine e dolore precoce – Mario e il mago

*Andric*, Il ponte sulla Drina

*Buck*, L'amore di Ai-Uan

*Steinbeck*, La Santa Rossa

*Doctorow*, Ragtime

*Deledda*, La via del male

*Remarque*, La notte di Lisbona

*Remarque*, L'ultima scintilla

*Bassani*, Dentro le mura

*Mann Th.*, Confessioni del cavaliere d'industria Felix Krull

*D'Annunzio*, Le vergini delle rocce

*Mann Th.*, Racconti

*Woolf*, La camera di Jacob

*Parise*, Il fidanzamento

*Greene*, Il console onorario

*García Márquez*, I funerali della Mamá Grande

*Silone*, Severina

*García Márquez*, La incredibile e triste storia della candida Eréndira e della sua nonna snaturata

*Deledda*, Il vecchio della montagna

*Maugham*, Schiavo d'amore

*Hemingway*, Dal nostro inviato Ernest Hemingway

*Bellow*, Il re della pioggia

*Buzzati*, I sette messaggeri

*Buzzati*, Paura alla Scala

*Buzzati*, Il Crollo della Baliverna

*Hesse*, Il gioco delle perle di vetro

*Parise*, Sillabari

*García Márquez*, L'autunno del patriarca

*Bassani*, Dietro la porta

*Orwell*, Senza un soldo a Parigi e a Londra

*Bernanos*, Un delitto

*Alain–Fournier*, Il grande amico

*García Márquez*, La mala ora

*Mann Th.*, Altezza reale

*Svevo*, Senilità

*Orwell*, Omaggio alla Catalogna

*Fitzgerald*, Belli e dannati

*Hemingway*, Festa mobile

*Amado*, Sudore

*Deledda*, La chiesa della solitudine

Oscar Mondadori
Periodico bisettimanale:
N. 2755 del 6/2/1995
Direttore responsabile: Ferruccio Parazzoli
Registr. Trib. di Milano n. 49 del 28/2/1965
Spedizione abbonamento postale TR edit.
Aut n. 55715/2 del 4/3/1965 – Direz. PT Verona